16	3	2	13
5	10	11	8
9	6	7	12
4	15	14	1

Luís Fulano de Tal

A NOITE
DOS CRISTAIS

Novela

editora 34

EDITORA 34

Editora 34 Ltda.
Rua Hungria, 592 Jardim Europa CEP 01455-000
São Paulo - SP Brasil Tel/Fax (11) 3811-6777 www.editora34.com.br

E-mail do autor: fulano@zipmail.com

Copyright © Editora 34 Ltda., 1999
A noite dos cristais © Luís Carlos de Santana, 1999

A FOTOCÓPIA DE QUALQUER FOLHA DESTE LIVRO É ILEGAL E CONFIGURA UMA
APROPRIAÇÃO INDEVIDA DOS DIREITOS INTELECTUAIS E PATRIMONIAIS DO AUTOR.

Edição conforme o Acordo Ortográfico da Língua Portuguesa.

Imagem da capa:
Johann Moritz Rugendas, Mercado de escravos *(detalhe). In:* Voyage
pittoresque dans le Brésil. *Paris: Engelmann & Cie., 1835. Parte 4,
Prancha 3 (agradecimentos à Biblioteca Guita e José Mindlin)*

Capa, projeto gráfico e editoração eletrônica:
Bracher & Malta Produção Gráfica

Revisão:
*Maria Clara de Lima Costa
Alexandre Barbosa de Souza*

1ª Edição - 1999 (2 Reimpressões), 2ª Edição - 2015

Catalogação na Fonte do Departamento Nacional do Livro
(Fundação Biblioteca Nacional, RJ, Brasil)

Tal, Luís Fulano de, 1959
T137n   A noite dos cristais / Luís Fulano de Tal
(Luís Carlos de Santana) — São Paulo: Editora 34,
2015 (2ª Edição).
128 p.

ISBN 978-85-7326-145-5

Inclui bibliografia.

1. Ficção brasileira. I. Título.

CDD - B869.3

A NOITE
DOS CRISTAIS

Prefácio	7
Nota do autor	11
A noite dos cristais	13
Sugestões de leitura	121
Relação das ilustrações	127

Prefácio
NOSSA MÃE ÁFRICA

No mês de Ramadã, aos 1409 anos da fuga, de Meca para Medina, do profeta Maomé (com ele a bênção e a paz) — para os cristãos, dezembro de 1998 —, cruzava eu o deserto do Saara, pelas vastidões do negro Sudão. Saindo de um navio na ignota cidade de Wadi Halfa, porto de entrada do esquecido país, e tomando um velho trem da *Sudan Railways*, foi-se descortinando a meus olhos o meu próprio mundo, meu próprio Brasil, um Brasil construído por muitos dos antepassados destes que aqui vejo. O Brasil feito com seu sangue, com sua vida, vida que emerge, sedenta, das areias que atravesso. Vendo esta terra, não há como não se enternecer. Não há como não ver nestes homens aqueles de meu distante Brasil. Latejam-me, então, na alma os versos de Castro Alves:

> Lá nas areias infindas,
> Das palmeiras no país,
> Nasceram crianças lindas,
> Viveram moças gentis.
> Passa um dia a caravana
> Quando a virgem na cabana
> Cisma da noite nos véus...
> ... Adeus, ó choça do monte!...
> ... Adeus, palmeiras da fonte!...
> ... Adeus, amores, adeus!...
> (...)
> Depois, o areal extenso...
> Depois, o oceano de pó...
> Depois, no horizonte imenso,
> Desertos... desertos só...

A noite dos cristais

E a fome, o cansaço, a sede...
Ai! Quanto infeliz que cede
E cai p'ra não mais se erguer!...
Vaga um lugar na cadeia,
Mas o chacal sobre a areia
Acha um corpo que roer...

E a África foi-se mostrando a mim, juntamente com seus homens sofridos e simples, de longas túnicas brancas e turbantes à cabeça, naquelas longas horas da lenta travessia, abençoada pelas estrelas da noite do deserto. Tudo era uma parte de mim mesmo, da minha própria história. Na terra onde os negros têm história, onde tiveram reis e reinos, guerreiros e templos, livros e saber, força e amor, a Negra Mãe é minha mãe também.

Depois, a chegada a Khartoum, a capital do empobrecido país, triste e soturna, onde passei sozinho o Ano Novo, num escuro e deprimente hotel defronte a uma grande mesquita. Ah, este Terceiro Mundo, quanta dor nos dá ver o mundo da terceira classe...

E, na volta para o Egito, sentado à mesa do pobre restaurante do trem, no final do dia, a jejuar no mês de Ramadã, num lugar repleto de homens do deserto, com minha túnica árabe amarela de tanta poeira... Sobre as mesas, comida que esperava a hora feliz em que seria devorada, após o pôr do sol, por aqueles homens, a cujo tormento quotidiano da vida somava-se o sofrimento de não terem comido por todo o dia, por sua fé em Deus. E, do pouco que tinham, queriam repartir comigo...

E depois, dentro de um avião egípcio, a emoção de descer na negra Etiópia, o antigo reino do Preste João...

Não é mais a cozinheira, o menor abandonado, o boia-fria, o ladrão de São Paulo que vejo nestes rostos negros, mas a princesa de Sabá, o Leão de Judá, o guerreiro altivo, o venerando sacerdote abissínio cujas mãos beijei por respeito e veneração... Uma África cuja dignidade nós fizemos perder, recebia, então, meu pedido de perdão, em nome de todos os brasileiros que não poderão nunca chegar até estas terras remotas, até estas montanhas etíopes, até os cafezais de Kaffa, donde há milênios saiu a planta que produz a famosa bebida que o Brasil aprecia.

O livro do Prof. Luís tem o sabor da África que vivi, da África que aprendi a respeitar e a amar. Das suas linhas que ressumam a revolta e a indignação, exsuda também o amor, a maior força do mundo, *l'Amore que muove il Sole è l'altre Stelle*, nas palavras do grande florentino.

Luís tem a força de um nômade do Sudão, daqueles que meus olhos viram sair do deserto, daqueles homens que divisam no horizonte frio um novo mundo, daqueles que veem a verdade "onde era só, de longe, a abstrata linha" (Fernando Pessoa).

Seu livro tem sabor de humanidade, de vida e, principalmente, de luta, sem a qual a vida não pode existir. Sabor de um mundo em que ainda se veem a solidariedade e a partilha, a comunhão e a fraternidade, coisas que pouco têm a dizer a empedernidos burocratas, empresários e especialistas deste exangue Ocidente "cristão" e "ocidental" que, com a abundância material que quer produzir para alguns até a náusea, torna o mundo sem poesia, as noites sem mistério, os olhos sem brilho, os sorrisos sem luz e os jovens sem sonhos. Mundo onde os homens nascem, crescem, enchem a casa de eletrodomésticos e aparelhos eletrônicos e morrem... E em nome de quê? Da pretendida necessidade que teria todo o planeta de comer McDonald's, de andar de carro ou de beber Coca-Cola?

No livro do Prof. Luís vemos falar a Mãe África, vemo-la mostrar sua sabedoria. Mãe de todos os pobres do mundo, de todos os homens do mundo, berço da humanidade, onde há milhões de anos surgiu o primeiro hominídeo, na noite prístina em que a matéria tornou-se vida inteligente, em que

a centelha divina deflagrou o mais extraordinário acontecimento do mundo. A Consciência. Com efeito, são os cientis-
tas engravatados que têm mostrado que foi em nossa Mãe
África que a vida inteligente surgiu, com os ascendentes destes homens cujo estatuto humano muitos quiseram ver infe-
rior, escravizando-os, subjugando-os, fazendo os leões de Judá
tornarem-se mendigos e as rainhas de Sabá, reles prostitutas...

Que a leitura deste magnífico livro do Prof. Luís Santana
possa ser um clamor pela nossa indignação, uma denúncia a
um crime de lesa-humanidade que jamais poderá ser esquecido, crime do qual todos compactuamos sempre que cruza-
mos os braços aos apelos que vêm dos pobres e dos despossuídos, dos marginalizados, pretos e brancos de todo o mundo, sempre que pomos na frente da justiça nossos interesses
materialistas, sempre que deixamos de ver no rosto do boia-
fria, do menino de rua e do excluído a face sofredora de Deus...

E que a Mãe África dos guerreiros e dos caçadores de
leões, dos homens fortes e bravos receba este livro do Prof.
Santana como uma oblação de um filho seu que, contra a
vontade de seus antepassados, veio parar em outras terras e,
nela, tornar-se um escritor de grande valor, um homem cheio
de poesia e fé em sua alma, como são os homens das vastidões do deserto do Saara e das montanhas da Etiópia...

Eduardo de Almeida Navarro
Tupinista

Ledor

Eis o livro. Concebido, gerado e parido no CRUSP. A pesquisa foi feita entre junho e dezembro, no vácuo da greve dos professores de 93. De janeiro a março de 94, em pleno verão, escrevi o libelo. Êxtase. Foram os dias mais exuberantes de minha vida: lia, ria, escrevia e chorava. Eu vi Deus. Parto difícil, a fórceps, de noite, chovendo, sozinho, e no escuro. Nasce o rebento. No mesmo ano inscrevo-o num concurso. Nada! Em 95, mesmo concurso, o libreto recebeu em seu primeiro ano de vida a sua primeira premiação. Frufrus, salamaleques, edição que é bom...? Nada!

Foi fundada a Associação dos Ilustríssimos Escritores Desconhecidos, ou O Grupo dos Sujos. Batendo portadas; inteirei, emprestei, assinei, disse e prometi. Dei calote, dei cano e não paguei a seu ninguém. Cinco edições correram de mão em mão em escolas públicas, associações de moradores, clubes, sindicatos, escolas de samba, bares, feiras, congressos, encontros, colóquios, ruas, praças, avenidas etc. etc. etc.

Só agora uma edição profissional! É assim mesmo, dizem. Vem acompanhada de pranchas feitas pelos viajantes do século XIX, ilustrando várias histórias havidas e acontecidas polo Brasil. Reinterpretadas, a partir delas criaram-se cenas. Daí a inserção.

Ao final do volume, segue, aos interessados, brevíssima sugestão de leitura.

É isto.

Asé
Shalom
Salamalaikum

o autor

Este é o sopro dos antepassados...
Os que morreram nunca partiram,
estão na sombra que se ilumina
e na sombra que se torna espessa,
os mortos não estão debaixo da terra:
estão na árvore que estremece,
estão no bosque que geme,
estão na água que corre,
estão na água que dorme,
estão na cova, estão na multidão:
os mortos não estão mortos...
Os que morreram nunca estão ausentes,
estão no seio da mulher,
estão na criança que chora,
e no tição que se inflama.
Os mortos não estão debaixo da terra,
estão no fogo que se apaga,
estão nas ervas que choram
estão no penhasco que se lamenta,
estão na selva, estão na mansão:
os mortos não estão mortos.

Sopros de Birago Diop

*Dedico estes escritos aos excluídos, despossuídos
e outros idos do Brasil*

Só de raiva escrevo com amor

Sou estudante de línguas, faço francês.

— Para saber bem uma língua estrangeira é necessária a convivência com seus nativos, dizia o professor. Como não posso passear na França e nem no Canadá, fui para Caiena nas Guianas. É mais barato, muito mais próximo e faz calor.

Sou professor, e assim, após quatro anos de uma economia de guerra, comprei as passagens. Tirei férias no trabalho e depois de cinco dias de viagem de ônibus e mais algumas horas de tapuia, desembarquei em Caiena.

Por ser um sujeito moderado instalei-me numa casa de pensão, um velho casarão de dois andares. Meu quarto ficava no segundo piso e aos fundos, de onde eu via por cima uma baixa construção em L, com uma cozinha e outros quartinhos para alugar.

A proprietária, Madame Mary, era uma velhota de setenta e oito anos de vida e alegria. Era pequena, de cabeça grisalha, com calvas aqui e ali. Usava óculos fortes e quando falava olhava por sobre as lentes. Enrugada, tinha uma corcunda e as unhas dos pés e mãos encalacradas. Gostava de papear e quando ria, fazia saltitar o ventre e os olhos lacrimejavam.

Seu esposo, senhor Benédict, era também uma pessoa muitíssimo interessante. Tinha mais de noventa anos, andava com muita dificuldade, era magro, cabeçudo, e estava sempre vestido com roupas que certamente não eram suas.

Homem expansivo, fumava quando lhe davam, bebia café, tocava violão e ainda cantava.

Algumas noites depois do jantar, nos reuníamos na cozinha dos fundos, de onde eu via melhor os outros quartos. O primeiro era ocupado por um trabalhador do comércio que

A noite dos cristais

retornando no fim do dia passava ligeiro, murmurando um boa-noite, entrava em seu quarto, fechava a porta, deitava-se e ligava o rádio em alto volume. Ao lado morava um músico que tocava na noite e dormia de dia. O outro era ocupado por um jovem Hmong que fazia questão de não conversar. Havia um último, o menor, desocupado.

Falávamos de tudo nas reuniões, inclusive do tempo. Uma noite Benédict perguntou-me qual era a razão de minha viagem. Eu disse que queria saber bem a língua francesa, que gostava de ir a lugares desconhecidos e de conhecer outras culturas.

— Fala outras línguas? Perguntou-me. Disse-lhe que já estudara um pouco de espanhol, inglês, italiano e até de russo, riu, mas falar só falo francês.

Naquele momento apresentava um olhar vago sem direção, como se procurasse imagens no passado. Disse de repente:

— O Brasil é um grande país.

— Sim, respondi, são oito milhões de quilômetros...

Depois de uma semana de conversas regadas a café, cigarros e lembranças, já éramos amigos. Uma tarde conversávamos, e repentinamente, como se se livrasse de um grande peso na consciência, disse, tenho comigo um maço de papéis que penso te interessem muito.

— É verdade? Por quê?

— São escritos feitos por um negro fugitivo do Brasil. Uma vez li um trecho, estão em português, mas parecem ser nomes de ruas... de pessoas... não sei bem... acho que são lembranças, não?

Perguntei onde estavam, comigo, respondeu e continuou mastigando as palavras, parece que meu pai conheceu esse homem aqui em Caiena, nunca me disse exatamente, antes de morrer pediu que eu os guardasse. Eles jamais me foram úteis, ri, não tenho mais ninguém no mundo, então eu os passo para você.

Aflitíssimo, perguntei pelos papéis.

— Venha comigo.

Fomos até o seu quarto que era no térreo em frente ao banheiro. Havia uma cama encostada à janela, coberta com uma colcha de retalhos e abarrotada de roupas. Ao lado dela um sofá azul escuro, grandalhão, com braços de madeira e recheado de molas e algodão. Benédict seguia com seus passos trôpegos, demonstrando todo o esforço de suportar o peso de seu quase século. Apoiava-se nas paredes, que um dia foram rosas e nos móveis escuros e pesados, ricos de detalhes, torneios, frisos e contornos. Com grande dificuldade sua mão demente abriu um armário que, como ele, rangia das articulações. Estava entupido de roupas que emanavam um aroma misturado à frieza de quase bolor.

Tudo ali recendia a passado. Vasculhou nos bolsos de um paletó, retirou um maço de papéis, sentou-se arquejante, deu-me e disse: — Leia.

Peguei os papéis, voei para o meu quarto, abri, li e tremi de emoção. Eram anotações, rascunhos e desenhos. Não tinham datas e estavam em desordem. Havia nomes de pessoas, de lugares, de pratos, de frutas, e até de embarcações. Ainda outros nomes, orações e várias outras anotações dispersas e desconexas.

Eram as lembranças de Gonçalo, um homem que vivera no Brasil à época da escravidão e que um dia fugira para Caiena.

Não tenho mais os papéis comigo, foram tirados de mim por circunstâncias alheias à minha vontade. Tentarei reproduzir com exatidão tudo o que li, algumas passagens são produto do que a leitura reteve, outras, a maioria, correm por conta da imaginação.

Assim, quem os ler poderá também fazer uma releitura a seu gosto.

A noite dos cristais

Eu acredito em Deus.

Por que resolvi escrever? Porque quero que saibam que em um passado não distante, homens vendiam outros homens, e que o futuro saiba que houve um tempo onde homens se sentiam mais humanos que outros.

Escreverei ao sabor das recordações, não me preocuparei com datas, que já me fogem. Tentarei resgatar momentos de minha infância e juventude, que foram as épocas mais doces de minha vida.

Meu nome é Gonçalo Santanna. Nasci na cidade de São Salvador, capital da província da Bahia, Brasil, em 18...

Filho natural e único de Amaro Santanna e de Flora Maria. De meus avós conheci somente a mãe de minha mãe, Ombutchê, nagô e velha como o passado.

Meu pai Amaro era um homem de mais de cincoenta anos, da nação haussá, alto, com braços e mãos fortes e de cabeça pequena num rosto quase quadrado. Tinha os olhos grandes, o nariz achatado e os lábios grossos. Seus largos ombros possuíam três marcas; uma da tradição de seu povo, uma segunda de quando foi vendido na África, e outra que recebeu quando desembarcou de um negreiro no Brasil.

Conhecera a escravidão aos dez anos de idade. Em uma manobra de guerra, quando os homens haviam partido para a luta, sua aldeia foi invadida por inimigos acompanhados de homens brancos.

Mulheres e crianças foram presos, acorrentados e levados até o mar, onde eram colocados em grandes fortalezas de pedras, Ajuda, ele dizia. Permaneceu ali vários dias. Em uma madrugada foi colocado com os outros no porão de um navio, fez uma viagem de mais de sessenta dias e chegou quase morto ao Brasil. Foi vendido, e como era um menino e estava debilitado, trabalhou nos afazeres domésticos. Vendido novamente trabalhou vários anos nas plantações de tabaco do Recôncavo. Depois como escravo de ganho, trabalhou como carregador de palanquins.

Uma vez na Ladeira da Montanha em seu trabalho de carregar nos ombros fornidos senhores vermelhões, sofreu um acidente que lhe provocou um defeito na perna esquerda. A partir daí ficou impossibilitado para aquele tipo de função. Então foi trabalhar para um português rico que tinha comércio na cidade baixa. Aprendera a ler e escrever, assim, auxiliava no controle e expedição de fumo, tecidos, aguardente, ferragens e iguarias, que eram comercializados com a costa da África. Trabalhou ali por mais de vinte anos, economizando cada pataca, e assim pôde comprar sua carta de alforria. Dizia sempre que um homem deveria vencer na vida por seu próprio trabalho e suor.

Finalizava, dizendo:

— Filho, só o conhecimento liberta.

Fora instruído no Alcorão, que ele renegava devido à traição, e não aceitava o catolicismo, que abençoara sua escravidão.

Com a carta saiu do comércio e foi trabalhar no Jornal da Bahia. Organizava os pesados tipos de chumbo, carregava galões de tinta, fardos de papel e limpava o chão e as máquinas. No fim do dia, sempre com um jornal debaixo do braço, vinha claudicando, subia as lajes da Rua da Oração e entrava na Rua das Laranjeiras. Quando o avistava de longe, eu corria afogueado para os seus braços, ele me recebia com um abraço e me colocava nos ombros. Eu gostava de ver o mundo lá de cima, me dava o jornal e dizia rindo, quer ler as notícias? Sempre tinha um confeito escondido nos bolsos, perguntava:

— Fez a lição hoje?

Nada tinha de valor material na vida a não ser aquela carta amarelada e com um timbre. Várias vezes com orgulho ma mostrara, e dizia que ela fora o preço de sua liberdade.

Casou-se tarde com minha mãe alegando que, enquanto fosse escravo, não teria filhos e que jamais seus filhos seriam escravos como ele fora um dia. Disse-me uma vez:

— Você, meu filho, talvez não compreenda por ser uma criança, mas você é muito rico, porque é livre. A carta dizia: ... Como tabelião e provedor do Senhor Emídio Paterno de Sant'Anna, recebi do negro Amaro, da nação haussá, cento e cincoenta mil réis em dinheiro, soma fixada e paga, pela qual eu lhe concedo a liberdade, que poderá gozar a partir de hoje e para sempre; solicito às Justiças de Sua Majestade Imperial e Constitucional que lhe preste toda a ajuda necessária para a conservação dessa liberdade e para sempre, declaro passar-lhe a presente feita e assinada por mim. Bahia, 18...

Minha avó Ombutchê era da nação nagô e de uma velhice milenar como a própria África. Era animista e possuía ainda os modos e costumes de seu povo; comia em uma cuia com as mãos e andava sempre descalça, fumando seu cachimbinho de barro; vivia no chão, lá no seu canto, sentada em uma das esteiras que ela mesma fazia. Desejava a morte aos brancos e caducava ao mesmo tempo. De seu canto, fumando o eterno cachimbo, via um passado longínquo, nebulosas imagens que vinham através da fumaça. Cuspia no chão e ruminava pensamentos, apertando os olhos para ver mais longe.

Quanto mais pensava mais revia, mais cuspia e mais fumava. Via sempre uma menina preta como azeviche que corria nas savanas, saltando como as gazelas vermelhas. Um dia aquela menina foi buscar água no rio e nunca mais voltou. Foi laçada por dois homens, um preto que ria e bebia fartamente de uma garrafa fazendo horrendas caretas, e outro, tão estranho, com olhos de azul do céu e barbas douradas do sol.

Foi levada junto com outros cativos para o castelo de Huidá. Ali chegavam navios carregados de pólvora, ferros, panos coloridos, aguardente (muito apreciada pelo rei), armas de fogo, fumo de corda e várias quinquilharias.

Feita a troca, foi colocada em um navio e chegou ao Brasil. Muitos morreram no caminho e junto com os doentes foram jogados ao mar.

Foi comprada na chegada. Trabalhou no eito com o fumo que era para semear, plantar, alimpar, capar, desolhar, colher, espinicar, torcer, virar, juntar, enrolar e pisar e todas as disposições, leis, resoluções, decretos, avisos, patentes e recomendações sobre o precioso produto eram tomados por lustrosos senhores do Tribunal da Junta da Administração do Tabaco.

Plantou cana e fumo — milho e mandioca para sobreviver.

Conheceu o homem de sua vida Impôke, testículos grandes, e com ele fez muitos filhos: Duro Orike, sobrevive e goza a vida; Jokotimi, fique comigo; Bamitale, fique comigo para sempre; Igbekele, esperança assegurada; Vil Vomã, destemido; Yetunde, mamãe voltou; Komolu, a morte agarrou o herói; Babatunde, papai voltou; Akin, guerreiro corajoso; Binharame, o enjeitado; Nhambai, gazela vermelha; Adjlor, oradora; Kanhorola, camaleoa; Megbea, lenta; N'apote, coxas grandes; Djumôkere, pulso forte; Kassukai, adolescente; e o passageiro Thôna, hóspede.

Os nomes homenageavam a natureza, mas Ombutchê, que teve filhos perfeitos, era castigada pela natureza, a humana.

Não criava nunca seus filhos, mal começavam a andar eram tomados e vendidos. Suplicava para que não lhe fizessem aquilo, implorava, gritava, ajoelhava e se conformava.

Desejava que eles nunca andassem, desejava que eles morressem, desejava que não nascessem. Tomava os chás de ervas que as antigas lhe ensinavam, ia para a mata com suas dores, agarrava-se a um tronco, gemia, suava e chorava em cólicas. O sangue vinha quente em golfadas, e aquela massa de carne informe rolava pelo chão.

Depois, na escuridão da sanzala, ruminava orações chamando Omolú para a vingança, ele vinha, ela apavorada, se agarrava a Impôke, trançavam suas pernas e faziam outro filho.

Pensava ser castigo do irado deus dos brancos e, para

A noite dos cristais

aplacar sua ira, pôs em seu derradeiro filho um nome cristão, Flora Maria, minha mãe.

Um dia Impôke partiu para acompanhar uma tropa pelo sertão e nunca mais voltou. Falavam em febres, onças, picada de cobras ou flechada dos gentios.

Sobrou para ela somente aquela filha; então trabalhou muito mais e quando já estava velha e sem forças foi dispensada.

— Vai mulé, vai e leva a tua fia.

Minha mãe Flora era uma mulher bonita. Sua pele era de um preto fosco sem brilho. Tinha a fronte alta que acompanhava a linha do seu nariz afilado como o dos brancos. As orelhas pequenas, coladas a uma cabeça que sempre trazia tranças enfeitadas com contas de vidro. Possuía uma boca bem desenhada e quando sorria, seus dentes alvos de marfim enfeitavam nossa casa. Vestia-se como as negras forras de sua época: chinelinhos em couro e saias de algodão até os pés; uma blusa de musselina que desnudava os braços e ombros fortes e que ela protegia com um xale preso por um broche barato; um turbante branco à cabeça sempre trazia um detalhe. Era vendedora de comida feita, e suas mãos finas e longas recendiam a temperos. Tinha uma força descomunal, quando saía para trabalhar no seu ponto ao lado do Teatro Municipal, carregava sobre a cabeça uma grande cesta, onde iam as panelas com comida, molhos, pequenas cuias, talheres, fogareiro, vasilhas de todos os tipos, um banquinho, guarda-sol, abanadores, esteiras, conchas, panos diversos e água. Era um ritual diário: colocava a grande cesta sobre a mesa e ajeitava tudo meticulosamente, do maior para o menor, do essencial ao supérfluo. Depois de tudo revisto, suas mãos pegavam nas extremidades da cesta, concentrava-se alguns segundos e com um movimento de estivador, num só impulso, colocava o mundo sobre a cabeça. Depois, ia soltando, aos poucos, experimentando para a certeza do equilíbrio.

"Era vendedora de comida feita..."

Soltava os braços ao longo do corpo, virava, lentamente, me olhava com seus olhos castanhos e dizia:

— Fiô, vê se não vai saí puraí à toa. Faiz a lição que de noite teu pai vai vê. Cuida da tua vó. Ouviu direitim? Saía deslizando em direção ao trabalho cumprimentando os vizinhos:

— Bom dia cumadre Aninha.

— Bom dia! Já vai? A velha gritava da janela.

— Sim, que jeito prá dá minha fia? A velha Aninha, crioula como minha mãe, encerrava o rápido diálogo:

— Vá com Deos... Deos é mais... minha fia.

Todos por um motivo ou por outro eram compadres entre si. Os malungos, co-irmãos de sofrimento na travessia. Os Falachas por serem judeus; outros, por serem animistas, Jejês e Nagôs; os que eram de Angola ou do Congo; por serem Yorubás, os Nagôs, Egbas e os Ketus; aqueles por serem daomeanos do grupo Jejê, os Krumans e Haussás, os Agnis e os Zenas; vários por seguirem o Islão, os Haussás, os Tapas, os Bornus e os Gurunsis (galinhas); numerosos Bantos, os Cassangues, os Bangalas, os Dembos, os de Cabinda e os Benguela; outros ainda, por serem de Moçambique; os Macuas e os Angicos, e sempre e mais e mais as relações se estreitavam. Cada um, para não ser tragado por uma massa indistinta, procurava resgatar os valores de sua terra.

Na cidade baixa, perto dos Arcos de Santa Bárbara, reuniam-se os Gurunsis; o ponto dos Wolofs, Malinques e Haussás era perto do Hotel das Nações, reuniam-se ali com seus palanquins e serviços de consertos em geral. Passavam o dia fabricando gaiolas e banquinhos de madeira, reformavam sapatos e remendavam guarda-chuvas dos passantes; faladores, o capitão do ponto, sempre o escravo mais velho, ia tecendo esteiras e estórias de lutas inglórias.

Quando surgia alguém de cartola e botas lustrosas, diziam:

— Qué cadera sinhô?

Na Rua do Comércio, ao lado do Mercado Municipal,

havia o ponto dos Nagôs; os Tapas, os Jejês, os Mahis, os Nupes e Nifês, e próximo ao cais do porto os Sossas, Umbundus, os Jejês e os Quimbundus.

Muitos filiavam-se às confrarias religiosas, como a de Nossa Senhora do Rosário dos Homens Pretos. Os daomeanos jejês criaram a Confraria Senhor Bom Jesus das Necessidades e Redenção dos Homens Pretos.

As mulheres também tinham o seu ponto. Reuniam-se na Rua da Vala, na Rua Guadalupe e na do Cabeça. Outras iam para os cantos no Largo Dois de Julho, perto do cais e na Ladeira do Boqueirão de Santo Antônio.

As nagô-yorubá da nação Ketu criaram, na Barroquinha, a Confraria Nossa Senhora da Boa Morte.

Em cada esquina e em cada canto, esquecidas as diferenças tribais, os escravos e ex-escravos reuniam-se para tentar vencer a dor e a humilhação.

A luta pela escalada social era grande, alguns davam seus filhos para os brancos batizarem, assim, o pequerrucho teria um protetor no futuro e talvez não fosse vendido como escravo.

Minha mãe Flora não lia, mas era uma mulher perspicaz. Aprendera a matemática depreendendo da natureza. Não escrevia os números, mas sabia contar os santos e suas moedas, era o que lhe bastava.

Influenciada por minha avó Ombutchê, sabia o nome e o dia de cada deus africano: na segunda, Exú-Omolú; na terça, Oxumaré; na quarta, Xangô-Yansam; na quinta, Oxóssi-Ogum; na sexta, Obatalá; no sábado, Oxum; e no domingo... no domingo a minha cidade era São Salvador da Bahia de Todos os Santos.

Como minha mãe queria ficar bem com todos eles, a cada dia, de uma forma discreta, e de outras nem tanto, ela lhes prestava a sua homenagem.

Havia um pequeno nicho atrás da porta, ali, colocava conchas e limão, às vezes, moedinhas dentro de pratinhos ou tocos acesos de velas boiando em copos d'água, outras vezes,

A noite dos cristais

um detalhe de roupa na cor preferida do santo do dia. Trazia sempre o nicho enfeitado com ramos de arruda, doces ou saquinhos de couro, onde havia sempre uma pequena cruz de madeira com o Cristo. Outras vezes, defumava a casa pequena com incensos de ervas preparados por minha avó e colocados dentro de pequenas latas com furos.

A fumaça era soprada por toda a casa: sob a mesa, por cima da minha rede, por baixo de sua cama, no canto de minha avó e atrás da porta. Começava sempre dos fundos para a saída da casa, minha avó dizia que era para tirar os maus fluidos. Conforme o santo, ia entoando sussurrados cantos.

> *Xangô ê ta biau*
> *Ô aie!*
> *Xangô ê mererê ô*
> *Olô tirei lo tibá*
> *Cao cabiecile*

Aos domingos minha mãe ia à igreja matriz, rezava o terço, comungava e tomava a bênção ao padre.

Nossa casa ficava no centro da cidade, perto da catedral, na Rua das Laranjeiras, esquina com a Rua da Oração. Morávamos na loja de um sobrado, alugada de uma família portuguesa que habitava o pavimento superior. Era um cômodo de terra batida, dividido ao meio por um tabique e com uma porta serrada ao meio e que fazia também papel de janela. De um lado era a cozinha com uma mesa ao centro e três cadeiras, à esquerda um fogão à lenha, e acima deste uma improvisação de ganchos e cabides feita por meu pai; ali minha mãe pendurava suas panelas e caçarolas. À direita, algumas caixas de madeira sobrepostas faziam as vezes de armário e despensa.

Do outro lado era o quarto, eu dormia em uma rede que era estendida de noite e recolhida de dia. Havia uma cama velha e usada onde dormiam meus pais, uma cômoda com o quarto pé em tijolos e já sem alguns puxadores, e mais um grande baú escuro com detalhes e fechadura enferrujados que meu pai trouxera consigo.

A família proprietária da nossa casa tinha um filho, Diogo, ele era mais branco que os brancos, era branquíssimo, albino, na rua, galego.

Éramos companheiros, juntos; estudávamos na mesma escola, percorríamos os becos e ladeiras e íamos no lodo da maré baixa apanhar caranguejos azulados. Todas as tardes estávamos no mercado para ver os capoeiras lutarem com navalhas nos pés e os marítimos tatuados e com suas redes. Percorríamos o estaleiro, onde os mestres orientavam os escravos no corte de toras para a construção de embarcações. Víamos também as putas que vinham enfeitadas e cheirosas, balançando os peitos e as ancas insinuantes. Eram apupos, assovios, xingos, gestos obscenos, risadas debochadas e todo um vocabulário específico que eu ouvia atentamente e guardava no mais íntimo do meu ser.

— Oh raios! Sai do sol, Diogo! Vem de cá! Gritava aflita sua mãe.

Voltávamos para casa correndo, nos olhávamos nos olhos como fazem as crianças e nos despedíamos na certeza do amanhã.

— Vamos amanhã no Canela apanhar caju?

— Vamos!

— Então tá!

Naquele tempo as escolas funcionavam nos conventos dos padres. Somente famílias endinheiradas colocavam lá seus filhos para aprender latim, decorar tabuada e levar bolos; os mais pobres que quisessem estudar pagavam ao mestre-escola. Vi as primeiras letras em uma pequena escola, que funcionava nos fundos de uma venda, lá na Ladeira da Praça. Entrava-se por um longo corredor de muro alto, até encontrar aos fundos uma cobertura de chão batido, com paredes caiadas e coberta de telhas feitas nas coxas dos escravos. Éramos um pequeno grupo de crianças sentadas em grandes carteiras duplas doadas por uma igreja. Eu e o Diogo sentávamos juntos. Em tudo isso já se vai muito tempo, me lembro de todos os rostos, mas só de alguns nomes, recordo-me especialmente de Jovelina. Era uma menina branca, dentuça e de braços e pernas fininhos com olhos grandes e assustados. Tinha sempre os cabelos em desalinho e ensebados. Chorava por conta de nada e tirava sempre as melhores notas.

Nosso mestre-escola era um homem chamado José Roberto. Era branco, alto, magro e usava óculos muito fortes.

Estava sempre de avental azul claro com um bolso do lado esquerdo, de onde sacava os seus lápis e um lenço que utilizava para limpar os cantos da boca e secar o suor.

De segunda a quinta tínhamos pinceladas de latim, aulas de língua portuguesa e aritmética; na sexta, aulas de religião. Ele ficava de pé ao lado do pequeno quadro negro e falava com os dedos entrecruzados na altura do peito como se fizesse preces. Enquanto falava, manchas brancas de saliva acumulavam-se nos cantos de sua boca.

Durante as lições debruçava-se sobre os alunos e com o seu longo dedo ia mostrando o caminho, conforme ia fazendo os comentários e correções, podíamos sentir seu mau hálito.

Quando chegava, botava a valise e os livros sobre a mesa, vestia o avental, olhava para a classe e dizia:

— Bom dia, senhores!

Eu ficava danado de contente de ser chamado de senhor.

Cada um de nós pegava o seu material, os mais adiantados utilizavam o livro a pena e a tinta, os iniciantes como eu um grosso caderno e lápis.

Nossa escola não oferecia os recursos das outras, mas possuíamos uma vantagem fundamental: o professor não utilizava a palmatória.

Estudávamos até às onze horas, depois ele saía, um preto lhe trazia o cavalo, e ele partia para outra escola lá pros lados do Rio Vermelho.

A baía não era só de todos os santos, era também de todos os navios, era a baía dos dois mil navios. Vinham de todas as partes do mundo: de Amsterdã, de Portugal, da Suécia, de Tenerife, da Inglaterra ou da Itália, carregados de ferros, algemas, correntes, grilhões e quinquilharias. A França trazia os perfumes e a moda.

Os navios de tráfico abarrotavam a baía. Os Tumbeiros vinham de todos os portos e nações da África, varrida pela guerra, pela mentira, pela traição, pelo terror e pela morte.

Os malungos diziam que o seu rei havia feito um trato com os caçadores de escravos: forneceria duas mil cabeças ao mês caso recebesse mais armas. Africanos chegavam de variadas tribos e nações. Vinham os sudaneses: Iorubás; Nagôs, Ijexás, Egbas e Ketus; os daomeanos do grupo Jejê, os Minas, Krumans, Egbas, Agnis e Zenas; os Islamistas, Peuhls, Haussás, Tapas, Bornus, Gurunsis, Malinkes, Wolofs e Bambaras.

Havia também os Bantos, de Angola, do Congo, Benguelas, Ambundas e Cassangues. Os Bangalas, Imbagalas, Dembos e Cabindas. Os Zulus, Umbundus e Quimbundus.

Chegavam aos milhares. Diariamente goeletas bojudas e empanzinadas vomitavam uma massa humana acorrentada nos pés e mãos.

Alguns mortos eram atirados ao mar, outros eram esquecidos ou confundidos entre os vivos que vinham moribundos e miseráveis. Chegavam nus trazendo um bodum azedo e estuporento. Corpos cambaleantes e plenos de pústulas de varíola.

Outros tinham a pele ressequida e macerada por feridas pestilentas, sombras de olhos tumefactos; as espectrais figuras na viagem ao inferno adquiriam sarampo, disenteria, hepatite, anemia, escorbuto, oftalmia, diarreia, piolhos, sarnas, coceiras, chagas, feridas... e pus.

A noite dos cristais

Certa vez, um padre de capa branca mergulhava um instrumento de metal em um cálice, e depois aspergia gotículas nas costas avergalhadas e purulentas dos cativos. Um desembarcado, delirante de sede, arrebatou-lhe o cálice das mãos e tomou todo o abençoado líquido. Foi prontamente corrigido com coronhadas de fuzil:

— Não façam isso! Soltem-no! O bruto tem a sede da verdade, soltem-no! Imprecou, apoiando na fronte do sedento um grosso crucifixo em ouro com uma pedra dardejante ao centro.

Não, a baía não era só dos dois mil navios, eram muitos, eram tantos, e se espalhavam por toda a barra. As velas recolhidas mostravam mastros ressequidos e tortuosos que se estendiam para os céus, como mãos que suplicavam bênçãos. Os Tumbeiros ancorados chegavam de todos os cantos da África. Vinham dos portos de Cabinda e Luanda em Angola; da costa da Mina, do cabo Mozurar e cabo Gonçalves. Vinham da Guiné, de Uidá, Apá, Onin e Badagris. Chegavam de Madagascar, Moçambique ou Cabo Verde, de São Tomé e do Congo.

A África fornecia almas e fornadas de reis, era o reino de Fida, Alafin do Oió, rei Huffon, rei Offra e de outros, inumeráveis, perdidos na amplidão do tempo.

Os Tangosmãos, caçadores de escravos, traziam notícias e escravos frescos. O Jihád africano crescia. A nação Iorubá travava guerras figadais com os islâmicos. Os reinos de Sokoto, Wrnô e Gandô também lutavam.

Eram embarcações de todos os tipos e tamanhos: goeletas, patachos, bergatins, briques, escunas, pinaças, galeras e corvetas.

Eu e meu amigo nos sentávamos nas pedras do cais e ficávamos com nossa brincadeira de meninos. Os navios que subiam eram meus e os que desciam eram dele.

— Este é meu, este é seu... meu... meu... seu... meu... Passavam-se horas nesse vai e vem.

Eu não conseguia relacionar a singeleza de alguns nomes de barcos com a sua utilidade.

Eram nomes cheirosos de flores: Flor da Etiópia, Flor da América, Flor da Amizade, Linda Flor, Flores do Mar e Flor de Luanda. Alguns ancoravam com a felicidade até no nome: Felicidade, Feliz, Amizade Feliz e Viajante Feliz. Outros traziam nomes solidários com os passageiros: Triunpho, Esperança, Fortuna, Amigos e Irmãos, Boa Sorte, Igualdade, Fraternidade, Liberdade. E mais, Fé, Caridade, Paz, União e Gratidão. Ou ainda, Constância, Alegria, Firmeza, Simpatia, Destino e Piedade. Os apaixonados traziam o nome da amada: Josefina, Carlota, Amália, Catharina, Norma ou Júlia. Também, Victória, Clara, Emília, Angélica, Virgínia, Aurora e Maria. E outros nomes variados: Heroína, Galega, Cotia, Temerária, Comerciante, Boa Hora, e Destemida. E também: Diligente, Brilhante, Continente, Veloz, Brincadeira de Meninos e Joãozinho dos Prazeres.

Os africanos eram levados para as lojas e armazéns de negros espalhados por toda a cidade, como aquele da Rua do Julião ou um outro lá no Beco da Madeira perto da Rua do Passo. Havia um, o maior, na Rua dos Aflitos e aquele grande e distinhorado depois da Ladeira da Preguiça e outros ainda; o do Beco das Gostosas, aquele sempre cheio lá na Rua dos Ossos, o da Rua da Forca e aquele na Rua do Corpo Santo.

Com a chegada dos Tumbeiros, imediatamente, a burocracia responsável se postava: capitães, barqueiros, pilotos, mestres, funcionários graduados, escrivães e negociantes. Acorriam fazendeiros, contadores, separadores, empregados de entrepostos, porteiros e marinheiros.

Os mercadores já discutiam a partilha, castos senhores proprietários de barcos costeiros e comerciantes abastados, honrados pela sociedade e que privavam com comendadores e estadistas.

Céleres catraias iam até a saída da baía ao encontro dos navios ancorados para descarregar a mercadoria.

Separadores determinavam o estado geral de saúde e especificavam a idade.

Tomavam de uma peça e perscrutavam, entreabriam beiços, sentiam bafos e contavam dentes. Sabiam alguns dialetos e línguas e quando podiam perguntavam a idade, nação e local de origem.

Analisavam marcas tribais nas costas, peitos, ombros, ventres, bundas, coxas e pés.

Nas mulheres, pegavam em seus peitos, arreganhavam nádegas, apalpavam ventres (grávidas eram mais caras) e fungavam seus sexos, soltando gritinhos exorbitantes (as virgens eram disputadíssimas) acompanhados de piscadelas aos interessados que assistiam à verificação.

Nos homens, pegavam em seus membros, torciam e apalpavam tocando os escrotos para provocar ereção. Os que tinham membros incomensuráveis eram disputados a peso de ouro. Passavam a fazer parte do seleto corpo de segurança de honoráveis senhores brancos.

Alguns, tempos depois, eram vistos com seus senhores, armados de porretes e facões e com os generosos bíceps pretos untados com óleo de baleia. Outros eram metidos nas sanzalas para pejar centenas de negrinhas já bulidas por patrões e feitores.

As Haras eram diárias. Nas lojas, os lances eram feitos em meio ao fedor de urina, suor, lágrimas e gritos de mães aflitas.

À custa de cuteladas e safanões conseguia-se o silêncio desejado.

A boca plena de dentes de ouro do oficial anunciava:

— Quem quiser lançar nos escravos aqui presentes chegue-se a mim, que receberei o seo lance, e se arrematarão mulher e duas filhas.

— Um conto e duzentos mil réis — silêncio — Um con-

"Com a chegada dos Tumbeiros, imediatamente,
a burocracia responsável se postava..."

to e trezentos e oitenta e cinco mil réis — alguém gritou detrás — Silêncio — O transporte à sua custa, acha que mais dê chegue-se a mim que receberei o seo lance e se arremate. Silêncio, quebrado apenas por um choro, que foi abafado por uma providencial cotovelada. Continuou o oficial. — Affronta faço, porque mais não acho, se mais achará, mais tomará, doulhe uma, dou-lhe duas, uma maior, e outras mais pequenas arremato. Faça-lhe Deos bom proveito dos escravos.

Em todas as lojas de negros, colocada abaixo de uma cruz do Cristo e logo acima da cabeça do oficial de leilão, à vista de todos os presentes, feita em letra trabalhada, havia uma tabela de preços que dizia:

Os melhores escravos de primeira escolha
Os de segunda escolha
Os de terceira escolha
Os melhores molecões de primeira escolha
Os de segunda qualidade
Os de terceira qualidade
Molecotes bons
Molecotes comuns
Moleques comuns
Molequetes comuns
Molequinhos comuns
Melhores negras ou moleconas de primeira ordem
As de segunda ordem
As de terceira ordem
Molequetas comuns e boas
Molequinhas bem feitas
Molequinhas comuns

Os negócios podiam ser feitos à vista, a crédito, com juros de cinco por cento ou troca de mercadorias. Sem contar as despesas com alimentação, frete, desembarque, depósitos, transporte, remédios, diversos, descontos, garantias e comissões.

Após os procedimentos legais, o comprador entregava a sua cambada acorrentada ao capitão do mato, Libamba, ou ao feitor, que a conduzia pelos sertões da terra.

Certa manhã, um negro escrofilático, com mais de dois metros de altura, de longas mãos ossudas e com sinais de tribo feitos nas têmporas veio para o arremate. Quando falava com sua voz cavernosa, sua boca espumava manchas nodosas. Arrematou as sobras, os cambembes, os capengas e mulambentos. Saiu com dois acorrentados; ele ia na frente, puxando por uma cordinha de couro ricamente trançada o primeiro da fila que ia amarrado pelo pescoço.

Diziam que era feiticeiro, e que na intimidade dos grotões da mata, em cerimônias evocadoras dos mortos devorava as vísceras de suas vítimas, assistido por criaturinhas do mal, que se riam e lambiam os beiços em deleite.

Outros eram comprados por ciganos, que os trocavam nas fazendas por cavalos. Eles não eram bem-vistos e diziam que suas conversas eram cheias de trapaças e adivinhações.

O trabalho árduo era a única condição de existência. Os africanos que chegavam eram designados para os mais variados tipos de funções. Alguns caíam prostrados sob o peso das sacas.

Os escravos de ganho traziam o resultado do dia para as mãos do senhor. Alguns tinham contratos de vinte anos de trabalho, que se renovavam por mais dez, mais cinco, ou mais vinte anos. No fim viam-se velhinhos de carapinha lanosa, sentados nas calçadas e de canequinha nas mãos.

Eram muitas as profissões: remadores de saveiros, pedreiros, carregadores, padeiros, pescadores, açougueiros ou curtidores de pele. Eram empregados de botequim, vendedores de carvão ou madeira, cozinheiros de navios, charuteiros ou sapateiros. Vários eram serradores, tanoeiros, ferreiros, serralheiros, carreiros, trabalhadores náuticos, calafates ou soldados. Muitos ainda eram pescadores, alfaiates, jangadeiros ou carregadores de palanquins. Gigantescos e olorosos troncos de ébano das matas eram transportados nas costas dos escravos e transformados pelos artífices em: bancos de igreja, carros, mesas, embarcações, estantes, camas, estrados, baús, caixas, prateleiras, armários e caixões.

Havia também os coveiros, domésticos, enfermeiros, vigias e acendedores de lanternas. Trabalhavam ainda em conventos, leprosários, correios, instituições militares, casas de misericórdia, ordens religiosas, colégios e na câmara municipal.

As mulheres também exerciam variada atividade. As mais ladinas trabalhavam nas lojas de modas das francesas. Trabalhavam como mucamas, cozinheiras, diaristas, costureiras, lavadeiras, passadeiras, floristas ou quitandeiras. Outras eram escolhidas para serem vendedoras de comida feita, de angu de preto, de leite, de frutas, de peixes, de mingaus, de hortaliças ou de refrescos.

Muitas caíam na vida e iam trabalhar no cais para os malandros e rufiões.

As negras de monumentais tetas nutriam chorosas carinhas de olhos azuis.

Algumas famílias não aceitavam as escravas de leite; diziam que este já vinha com suas inclinações lascivas e debochadas, e que os escravos, naturalmente inimigos de seus senhores, poderiam influenciar com suas artes e magias as pequeninas almas.

Na Rua da Vala, largado no passeio público, Jonas Mandingue, dizia na sua língua de preto:

— Nós ganhô calumba na caricunda, era trabaiá nu eito, sanzala e apanha mbunda... Zezus Kiristi.

Agora destaco dois profissionais, imprescindíveis, o médico de pretos e o barbeiro.

Ambulantes, saíam pelas ruas, praças e becos da cidade, oferecendo seus préstimos em troca de algumas patacas.

Certa vez, no Largo dos Aflitos, pude vê-los no exercício de suas atividades. O médico, figura estranhíssima, que se dizia conhecedor dos preceitos dos antigos, atendia um

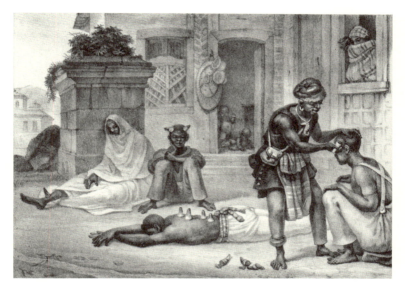

"O médico, figura estranhíssima, que se dizia conhecedor dos preceitos dos antigos, atendia um paciente..."

paciente: Espantou os cães e estendeu no passeio o seu doente. Abriu um vidro pleno de bichas lustrosas e aplicou algumas na perna feridenta. As bichas borbulhantes rolavam ondulantemente, fartas. Sacou então de um colar com um cavalo marinho e de um chocalho feito de guizos de cascavel e enfeitado com fitinhas coloridas, então, fez sinais cabalísticos sobre a perna ferida, soltou grunhidos e sussurros monossilábicos saltando o corpo do paciente em várias vezes e direções.

No mesmo sítio trabalhavam os barbeiros. O cliente sentado no chão entregava o pixaim aos cuidados do profissional.

Este, equipado com um grosso pente de osso, agarrava um tufo da carapinha, metia o pente na raiz e puxava, ambos faziam medonhas caretas.

Ao lado deste, outro barbeiro tratava o cavanhaque de um muçulmano com tic-tic-tiques de tesourinhas. Seu confrade, de cima de um caixote, fazia pregação de suas doutrinas. Ouviu-se um brado retumbante:

— Milícia!

Num fim de tarde, quando voltávamos para casa, um escravo estava no pelourinho. Entramos furando o círculo que se formara. Um senhor, de dentro de um palanquim azul em posição de descanso, com lustrosas botas estendidas para fora, assistia a tudo, como se estivesse no balcão do Teatro Municipal. Mais à frente havia um casarão azul com sacada, de onde uma jovem mãe, assistida por sua mucama que segurava um bebê branco, via tudo resignadamente.

O resto da assistência era preenchida pelo poviléu: brancos pobres, escravos de aluguel, mestiços de pé no chão, soldados e outros curiosos. O sacrificado tinha a bunda em tiras. A cada novo golpe que vibrava... tlá... tlá... tlá... urrava e se mijava todo.

— Não fui eu, meu sinhô!

— Cala! Chibungo da peste. Arreio, Mão de Onça! Tlá... tlá... tlá...

Ao fim da sessão quando desamarraram o supliciado, este tombou pela laje. Deram um banho de vinagre com pimenta do reino; para não criar bichos. Urros.

O próximo já se apresentava, era trazido no ar por quatro milicianos do batalhão de caçadores:

— Qué isso?

— Zé Baguncinha meu sinhô — respondeu o comandado — cabrunco safado e amigo de sinhá puta.

Nesse ínterim, o feitor, ao pé de si, entre variada quantidade de chicotes, escolhia aquele que estivesse com o sangue mais sequinho — questão de prática. Escolheu, espantou as varejeiras cintilantes, flexionou a ferramenta, jogou uma perna para trás, ergueu o braço esquerdo — questão de estilo, e ouviu:

— Arreio, Mão de Onça! Tlá... tlá... tlá...

Repentinamente o fiscal de olhos avermelhados se virou para nós e disse:

— Qué qui qué diabo loiro? Sai tição!

Nunca corri tanto — Ganhei.

Diálogo de dois escravizados, Ndala, o filho primogênito, e Vungamba, o ser carregador; na língua ganguela do sul de Angola, em meia-noite pejada de estrelas, na Rua dos Ossos:

— Ove Wizimo Kuhandeka iputu?

— Talala, iputu yaikalu nawa koyekukovela mu mutwe wa muzivale.

— Visaki, Imba Koizimo Yove Kwetavele kulilongesa.

— Iya nesi Kundyilongesa?

— Imese Wa musikola.

— Imesele yatyo iya?

— Imestele Ypatele.

— Ove Watolila Vyahandeka?

— É, ndyatolila Ko, Vyandyilema. Zindakaza Vindele Zavota.

A noite dos cristais

— Katyi utolile Vya Visaki.

— Kondyekuhandela Visaki.

— Kalunga asa Kutsa?

— Yani.

— Kutambula mbatisme tyihanga Vika?

— Sea ove, litava.

— Ngo ndyityisea Vatiange? Nandyavela seo.

— Kalunga wapanga Vyose.

— Ndylikumutima Lyova Kalunga Wamiha-mesa Vindele.

— Kondoewela.

— Ava Kovakwamene Kalunga Kuli Kovali Kuya?

— ... Vali Kuya mu I felu.

— Kovind yisungwe vwino.

Que traduzido no mais ou menos daria:

— Fala a língua portuguesa?

— Não, senhor, a língua dos portugueses é muito difícil para a cabeça de um preto.

— Mentira, se não sabe não quis aprender.

— E quem me havia de ensinar?

— O mestre na escola.

— E quem é o mestre?

— O mestre é o padre.

— Escutou o que ele disse?

— Escutei e gostei. A linguagem dos brancos é suave.

— Não escute mentiras.

— Não minto.

— Pode essa emanação divina morrer?

— Tolice.

— Qual é o caminho para entrar no mistério do cristianismo?

— Escolhe, confessa.

— Como escolherei eu? Marcou-me o preço.

— A emanação cria tudo.

— Falando em emanação o meu coração estremece. Ela dá preferência aos brancos.

— Perdoa.

— E aqueles que não seguiram a emanação divina de onde eles vêm?

— ... Vão para o fogo do inferno.

— Mais uma vez uma tolice.

Na ida para a escola passávamos na fonte pública, onde pela manhã vinham os escravos do serviço de água. Um cangalho esquelético guiava um burrico albardado que, sofrivelmente, sustentava grossos tonéis.

Todos portavam tachos, vasilhas, pipas, moringas e cangas no pescoço; vários arrastavam grossas correntes. A turba andrajosa resvalava sons metálicos que feriam a laje.

Na faina, cumprimentavam-se:

— Selamalat.

— Espero que vós tenhais levantado bem.

— Teiji beem.

— Salamalaikum.

— Bom dia cumpadre.

— Bissimilai, bissimilai.

As lutas da África refletiam-se na água da fonte.

Certa feita um escravo emaranhou-se em correntes alheias e tombou entornando todo o líquido.

— Tu não tem zoio não? Cristãozinho maldito?

Este refutou:

— Mas é a pôrra mesmo! Tira tua pata preta do caminho, muçulminho.

O arábico na piloura lançou-se sobre o outro, engalfinharam-se.

— Djim maldito, fio d'um cão, coisa ruim, satanás da peste. Eu te mato!

A noite dos cristais

— Cala, cão tinhoso! Vou bebê teu sangue! Lazarento!

Os milicianos separaram a peleja com dosadas porretadas nas cervicais dos contendores.

Foram encaminhados para a Correção.

Já era noite, o trabalhador do comércio já voltara, sujeito taciturno, mesmo sendo meu conterrâneo evitava conversar comigo. Penso que como milhares de outros brasileiros, estava ilegalmente no país. Da janela eu podia vê-lo; tipo atarracado com cara de nordestino, chegava e ligava o rádio em alto volume, sintonizado em uma estação de músicas brasileiras.

O locutor com sua voz melodiosa anunciava que o novo ministro da economia, junto com sua equipe orçamentária, diz ter planos que sanarão as finanças do país... Música. Depois disse que segundo estatísticas oficiais, no Brasil há mais de trinta e cinco milhões de famintos... Música. Finalizou dizendo que parlamentares estavam envolvidos em desvios de verbas públicas, tráfego de influências e prostituição... Tocou Bye Bye Brasil, vieram os comerciais.

Senti saudades e saí para esticar as pernas.

Às tardes eu me sentava à mesa para fazer o dever de casa, que o José Roberto cobraria no dia seguinte. Escrevia com um toco de lápis no grosso caderno as intermináveis conjugações: eu sou... tu és...

Quando me cansava ficava observando o trabalho de minha mãe: ia pondo no fogo gravetinhos secos e pedrinhas de carvão, avivava tudo, abanando para formar o braseiro. Levantava então o caldeirão de ferro com água, como se esse fosse um menino mirrado e o depositava no calor. Na água fervente mergulhava: bofes, banhas, rins, coração, fígados, toucinhos e miúdos de porco. Para temperar punha sal, pimentão, alhos, cebolas, salsas, pimentas, talos e tomates. Engrossava o angu com farinha e rodelas de inhame.

Dava o toque final com doses generosas de óleo de dendê. Ia mexendo tudo com uma enorme colher de pau. O cheiro entranhava nas paredes. Depois cobria tudo, eu ficava admirado de ver a tampa dando saltinhos, e a gordura que escorria, morria chi... chiando nas brasas.

Uma vez para preencher com data o cabeçalho da lição perguntei:

— Mãinha, que dia que é hoje?

— É quarta, fiinho, dia de Xangô.

Minha avó Ombutchê que estava largada em seu canto, fumando seu cachimbinho e tecendo esteiras, disse que aquilo era invenção dos brancos para que os pretos trabalhassem ainda mais, e que a semana de seu povo só tinha quatro dias, o resto era coisa deles, dos brancos.

— Ochente mãinha, as coisa agora mudô! Disse minha mãe Flora enquanto picava folhas verdes.

Para minha avó só existiam Ojo Awo, dia do segredo, de Fá e Exu; Ojo Ogum, deus do ferro; Ojo Jakuta, dia de Xangô, deus das tempestades e Ojo Obatalá, deus do céu. Fiquei na dúvida, então a semana era de onze dias? Escrevi no caderno: quarta, dia de Xangô e de Ojo Jakuta.

Levados pelo desespero e pela humilhação, alguns escravos cometiam suicídio ou fugiam. Outros continuamente planejavam insurreições e levantes. Na intimidade do lar senhorial minavam saúdes e arquitetavam no silêncio da noite assaltos e evasões coletivas.

Ensandecidos, escravos sabotavam engenhos, adoeciam o gado, queimavam plantações e assassinavam seus senhores. Fugiam para o anonimato das cidades.

Os jornais estavam cheios de anúncios que reclamavam seus trânsfugas, e ofereciam recompensas a quem desse informação dos desertores.

Sob a luz do lampião meu pai nos lia estes anúncios em voz alta, sempre com um discreto sorriso nos lábios. Eram incertos, quando não confusos, e traçavam características muito generalizantes que confundiam os caça-prêmios.

Qualquer um poderia ser confundido com um fugitivo, e qualquer fugitivo poderia ser confundido com qualquer um.

Eram iniciados com o nome do procurado, a nação pertencente, e às vezes a idade. Os mais singulares davam o epíteto do desaparecido: Tereza Cabinda; Paulo, negro crioulo; Kaleb, da nação nagô; Damiana, a caolha; Evaristo, o zambeta; Hassam, de nome Carlos; Túlio, preto retinto; Said, preto mina; Tibúrcio, apelido Nabi, e outras preciosidades.

Como os escravos viviam seminus e maltrapilhos, as descrições de vestimentas eram mais raras: jaquetas pretas, camisolões de baeta, camisas curtas, chapéus variados e calças de juta.

Outros descreviam sinais de comportamento e modos: moça falante, muito risonho, prosista ou andar desembaraçado.

Os detalhistas desenhavam características físicas: cor muito preta, bem preto, cara bonita, beiços grossos, pés grandes, braços compridos, nariz grosso e escrotos crescidos.

Os mais tenebrosos detalhavam aleijões e defeitos que os evadidos adquiriam em castigos e acidentes de trabalho: coxo, braço esquerdo amputado, olho vazado, sem orelha esquerda ou falto de dedos.

Quando meu pai terminava a leitura, minha avó Ombutchê resmungava:

— T'iscunjuru... vichi... vichi!!, e minha mãe completava: — Deus é mais. Arrenego... Vichi Santa!!

No jantar comíamos arroz à Haussá, que era feito à base de carne-seca desfiada misturada com pimenta, farinha e pronto.

Depois em xícaras de louça sem asa, sorvíamos o café quente.

Recolhida a mesa, meu pai, o negro Amaro, me auxiliava nos deveres de casa.

Confeccionara pequenos retângulos de madeira com letrinhas vermelhas do alfabeto nas duas faces. Ia posicionando as pecinhas, e as já lidas ficavam de lado, formando torres imaginárias que eu destruía com um piparote.

Eu soletrava as combinações.

— V. U.

— U, não filho! I, não teime. Dizia ele.

— Tá. Tá bom! V com I, Vi. D com A, Da. Vi-da, Vida!

Tomava emprestados livros que encontrava tombados nas prateleiras da oficina. Quando lia, ficava pensativo, alisando a capa do livro.

Fiquei trancado em casa por mais de uma semana, choveu tanto que parecia que o mundo ia se acabar em água.

Minha avó Ombutchê que tecia, de seu canto vaticinou:

— É Xangô, ele vai afogá os brancu.

Eu ficava debruçado na porta janela olhando a chuva, a rua e as gentes que passavam.

Em dias de chuva os escravos usavam uma proteção muito pitoresca. Era um enorme chapéu cônico que vinha da cabeça até a cintura e com furos para os braços e visão.

Uma segunda peça imitando uma saia ia da cintura até os joelhos, tudo costurado à mão com palha seca trançada.

Três espantalhos desciam a nossa rua, um deles disse:

— Quando eu pudé, meto-lhe a pôrra!

Eu nutria uma admiração secreta pelos sacerdotes muçulmanos. Para mim eles eram heróis; enfrentavam os milicianos, falavam em língua secreta, lutavam contra a escravidão e não iam na igreja ouvir o padre.

A noite dos cristais

Havia uma saudação entre eles, que já ouvira milhares de vezes pelas ruas da Bahia.

— Bissimilai.

Gostava do som da palavra, bissi, parecia vici. Aquele vici pronunciado por minha mãe milhões de vezes — vici mininu?

Eu ficava brincando, vici... Bissi... vici... Bissi...

Pedi ao meu pai que me ensinasse em língua árabe aquela saudação. Ele relutou muitas vezes e argumentou dizendo:

— Eu não me lembro, faz muito tempo, eu era um menino. E disse também que tudo não interessava mais e que era tudo um passado. O agora é o que importa, o ontem não interessa mais, já foi.

Insisti, dizendo que era só uma palavrinha e adocei:

— Faça painho, faça vai?

Ele sentou-se à mesa, apanhou meu caderno e meu toco de lápis, pôs a mão esquerda na fronte e o cotovelo apoiado na mesa em atitude meditativa. Fechou os olhos, e repetia várias vezes:

— Bissimilai, bissimilai, bissimilai.

De repente sua mão correu ligeira, da direita para a esquerda, elaborando um complicado desenho na língua árabe, escreveu:

Bissimilai. Em nome de Deus.

Nas tardes de lição eu penava, tentando reproduzir por várias vezes uma cópia fiel daquela escrita.

Enchi várias folhas de papel, bissimilai, bissimilai, bissimilai.

Certas noites, na esquina da nossa rua com a Rua da Oração, os negros músicos se reuniam promovendo lundus.

"— Quando eu pudé, meto-lhe a pôrra!"

O ritmo cadenciado era acompanhado pela assistência batendo palmas e pés descalços no chão.

Eu e a meninada nos colocávamos ao lado, ensaiando os primeiros passos.

O grupo era formado por três atabaques, o Rum, o Rumpi, e um Lê, cada um numa tonalidade, apoiados por agogôs, ganzás, agês e pelo urucungo do velho músico Bizunga que puxava:

Negro jejê quano morre
Vai na tumba de banguê
Os parcero vão dizeno
Urubu tem qui cumê

A risadeira rasgada rompia:

Nosso preto quando fruta
Vai pará na coreção
Sinhô baranco quando fruta
logo sai sinhô barão

Uma garrafa de aluá já corria de mão em mão, um preto zoiúdo, de papeira caída, toma um gole, faz careta, bate os beiços, pula para a roda saracoteando e emenda como uma cigarra das matas.

— Tiriri tiriri tiriri tiriri tiriri.

Domingo era dia de passeio, dia de se arrumar bonito e visitar compadres e parentes.

As famílias boas ficavam na cidade alta, passeando nas ruas lajeadas entre pessoas convenientes.

As ruas enlameadas e mangues da cidade baixa eram os locais para os desclassificados; pobres de todas as cores, carregadores seminus, malandros, moleques de rua, marinheiros de variadas nações, capoeiras e putas de porta aberta.

Num casarão no fim da Rua da Ajuda morava um italiano estabelecido na Bahia e proprietário de navios na costa. Por lei de nobreza era tratado por todos como O Conde. Marido de Elizabete, Bebel no lar, mulata da terra, neta de portugueses e escravos. Tinha os olhos verdes marejantes e dentes alvos em boca pequena e carnuda.

Podia ser vista somente nos passeios dominicais; ia vestida com ricas blusas rendadas, joias nos braços bem delineados, finíssimos mantos nos ombros e bordados nos sapatinhos franceses.

O conde ia com seu paletó domingueiro preto e escovado, enfiado em botas de cano alto e chapéu.

A família saía em fila indiana: O ventre do conde ia na frente recebendo chapéus, cinco crias seguiam o pai, do menor para o maior; em seguida, ia a senhora segurando pela mão outro pequeno, depois dela três escravas:

A primeira ia equilibrando um guarda-chuva sobre a senhora, a segunda, ia segurando no colo o sétimo italianinho e a terceira que equilibrava um grosso guarda-chuva sobre a que levava o bebê.

Depois vinha um negrinho todo sujo e sorridente carregando caixas na cabeça.

No fim da fila, dois lépidos africanos ostentavam porretes e adagas.

Íamos pra Ribeira ver as rodas de vadiagem, onde os mestres iniciavam os discip'os.

O mrimbau, o caxixi e o pandeiro já estavam lá.

Era dia de batismo, dia de jogo à vera. Os mestres da Bahia estavam lá; Capitão Abêrre, Juvenal, Onça Preta, Barbosa, Traíra, Canjiquinha, Zepelim e Alcides.

No centro o mestre dos mestres, o Bezouro Valente, mais conhecido nas rodas da Bahia pelo nome de Mangangá, dançava sua luta e deu a chula inicial:

Ê Aquindêrreis!
Ê Aroandê
Que vai fazê
com capoeira?
Ele é mandigueiro
e sabe jogá...

Os camarados levantam e correm em círculos a toque de marche-marche, o que está na frente inicia o jogo.

É um moleque faquista de argolinha de ouro na orelha esquerda. Meninão encorpado, reverencia o mestre, dá um aú e entra estiloso gingando Angolinha. O coro anuncia:

Camaradô, bota sentido
Capoeira vai te batê...

É cheio de manha de gato, negaceando e testando a guarda, vem gingando, vem com sanha, vem com aço.

Olhos se miram e corpos dançam, é rabo de arraia é chibata é rasteira é meia-lua é chapa de pé.

Uma voz anuncia:

Segura esse nego
Esse nego é valente
Esse nego é danado
Esse nego é o cão...

O discípulo por terra já sem a faca não acreditou e veio de novo, voando feito onça ruim. Tomou tombo de ladeira, cabeçada e escorão.

Gente no chão, o mestre dá volteios, ri e levanta o camarado. Começa tudo de novo:

Iaiá, vorta do mundo!
Ioiô, que o mundo dá!

Um escravo de canela fina vendendo pro ganho anunciou:

— Mio... mio... pra fazê fubá... mio... mio...

Uma oportunidade, fui com minha mãe trabalhar seu ponto no Teatro Municipal. Era dia de função, tudo tão bonito que dava gosto de ver.

Toda a boa sociedade estava lá; distintíssimos cavalheiros, sumidades do comércio, insígnias, dragonas, medalhas e títulos; todos os homens bons.

Os escravos de serviço vinham com os grossos dedões taludos apoiados nos estribos, trajando casacas engomadas, calças vermelhas com listas e perucas brancas. Conduziam lustrosas carruagens com dosséis azuis; os cavalos, genuínos garanhões, vinham faiscando as lajes, vistosos, enfeitados com penachos coloridos e paravam frente ao tapete púrpura estendido na entrada.

Desciam botas feitas no mais puro cromo alemão, calças vincadas e nos mais finos tecidos, raras cartolas e ricos chapéus, todos apoiados em bengalas de leve talhe e da mais fina procedência. Eram seguidos por mimosos sapatinhos com laços multicores, luvas alvas e finíssimas e longos vestidos brilhantes, confeccionados em raríssimos tecidos.

Ali estavam todos os notáveis, diziam até que o Imperador viria, não veio.

De fora ouvíamos as trombetas, os rufares e os aplausos. Os simples que passavam diante de tanta pompa vexavam-se, e saíam mirando os feios pés descalços.

Intervalo. Alguns convidados vieram tomar a fresca, entre eles saiu um apressado e solicitou um palanquim:

— Psiu psiu... ô preto!... traz a cadeira!

Um deles enorme como um ébano respondeu:

— Num tô de trabaio sô cunvidado. O homem bom sentiu-se densonrado.

— Negro!

A noite dos cristais

— Sô.

— Estulto!

— U quê!?

Um burburinho já se formara, outros convidados comentavam o fato, e os passantes paravam diante do inusitado, um indignado comentou:

— Onde já se viu uma coisa dessa? Um negro!

Já suando em bicas o ofendido vociferou.

— Ponha-se no seu lugar! Seu negro!

O segundo carregador, largo como uma árvore e com uma cruz feita no peito esquerdo, avançou e disse:

— Meu lugá é na tua cacunda vermeião azedo. Em Cuba os branco carrega os preto.

Ecoou uníssono por toda a praça um — oh!

Neste momento cotoveladas abrem caminho entre a gente diminuta e sem representação, eram os milicianos.

O chefe, mulato encorpado de olhos esverdeados e bigodões à portuguesa, vinha armado de pistola e espadão. Seus comandados, pretos, mulatos e caburés vinham guarnecidos com porretes.

— Teje preso cabra safado!

— Tô não! Fio de puta com soldado. Ucê é fio de branco mas num é branco, né não? Chibungo papa rola!

O mulato enfurecido sacou a pistola, e foi desarmado com uma chapada de pé no meio das ventas.

Pancadaria geral, os carregadores tinham o diabo no corpo. Houve farta distribuição de rasteiras, safanões e pés no ouvido.

Veio reforço, os porretes e os milicianos choveram em cima dos dois. O mulato gritava limpando o sangue do nariz:

— Num mata agora não! Num mata agora não!

Arrastados, foram levados para a Correção e nunca mais foram vistos.

Uma tarde um velório passou diante de nossa porta e

depois foi pros lados da Ladeira do Ferrão em direção à Igreja Nossa Senhora do Rosário dos Homens Pretos.

Abrindo o cortejo, dois meninos pretos e descalços paramentados com hábitos da igreja portavam estandartes cor de vinho. Atrás deles outros dois ricamente trajados e também descalços traziam gigantescos círios. Em seguida outro pretinho carregava uma enormidade de cruz seguido de perto por outros dois que sustentavam lampiões acesos.

Logo após vinha o padre, declinando um latinório incompreensível: ... *et filli...*

Pretas velhas de bundas homéricas apoiadas em calcanhares de apagar charutos vinham lentamente, vagarosas e balançantes, como grandes paquidermes pretos. Ouvindo a máxima, fechavam os olhinhos e lançavam um lamentoso e prolongado:

— Amém.

Os passantes paravam em sinal de respeito, tiravam o chapéu e benziam-se, outros ajoelhavam-se contritos, vários deitavam-se pelo chão, puxavam os cabelos, e choravam copiosamente, como se o defunto fosse seu.

Após as velhas, marchavam quatro homens encapuzados e com longas sotainas brancas. Eu pensava que eram fantasmas que vinham reclamar a alma do morto.

Em seguida a pessoa mais importante do séquito, o morto, que vinha indiferente e pálido de mãos cruzadas, carregado por seis pretos tristes e de olhos remelentos.

Logo após, a viúva inconsolável assistida por amigos e parentes, e, finalmente, filhos, irmãos de outras ordens, vizinhos, conhecidos, acompanhantes, curiosos, desocupados e outros.

Diziam que não se podia contar o número de acompanhantes, do contrário, morria-se naquela idade, então, morrerei com cento e oitenta e sete anos, nada mau.

Tive tanto medo naquela noite que dormi agarrado às costas de minha avó Ombutchê.

O morto tinha cabedal, deixara bens para a igreja e aos

A noite dos cristais

pobres, pedia, encarecidamente, vinte e cinco missas semanais por sua alma durante um ano.

Minha mãe Flora foi em vinte e três delas.

Uma manhã, devido às chuvas caudalosas que caíram na madrugada, os caminhos ficaram intransitáveis e o nosso mestre-escola não compareceu.

Sendo assim, as outras crianças que chegavam e sabiam da boa-nova davam nos calcanhares rumo às aventuras do dia.

Restamos eu e o galego fazendo grandes planos e traçando estratégias vãs de meninos. Juntávamos uns cobres que seriam cambiados a preço de mercado por guloseimas especialíssimas, feitas pelas mãos de Tereza d'Angola que tinha um ponto no Campo Grande.

Ao lado de nossa escola, havia um velho casarão com quintal e varanda aos fundos.

Uma anosa mangueira dividia os dois terrenos. Estava carregadinha de frutos amarelos, pequenos e dulcíssimos e que cabiam inteirinhos na boca, feito seios juvenis balançantes e solitários, lá no alto...

Arrastamos a mesa do professor para o pé do muro, empilhamos mais três carteiras por cima e trepamos rumo à felicidade.

Dali partiam risos e conversas. Curiosos e protegidos pela folhagem, espiamos o quintal. Tudo causou prazer; a visão da descoberta e o doce do fruto.

Assistíamos a uma reunião de um grupo de arabistas *in loco*.

Usavam turbantes, túnicas ricamente detalhadas e variados tipos de colares e pulseiras. Conversavam animadamente. O mais alto entre eles, um preto retinto, cofiava pensativamente o cavanhaque.

O que estava à direita sacou da blusa vermelha um patuá, virou-se para a parede e proferiu orações na sua língua.

Meia hora depois chegou um sacerdote, trajava no mesmo estilo, tinha uma longa barba e trazia consigo um grosso colar de infinitas contas que terminava em uma grossa bola metálica.

Parecia ser o mais graduado entre eles, pois lhe beijavam as mãos cobertas de anéis em atitude de respeito e reverência, foi recebido com efusivas saudações:

— Bissimilai mussulmin!

— Salamalat! Salamalat!

— Salamalaquê! Salamalaquê!

— Bissimilai! Bissimilai!

Em seguida, uma negra que parecia íntima do grupo veio trazendo uma bandeja com um generoso assado que recendia, convidativo. Ela entrou na casa e voltou depois com um cesto repleto de frutas. Saiu e voltou novamente, desta vez com um jarro d'água, copos e uma cesta de pães de milho.

Preparada a ceia abancaram-se e comeram efusivamente, travando conversas naquela língua desconhecida com expressões de contentamento.

Ficamos ali por muito tempo, revezando-nos na espionagem.

Terminada a refeição, afastaram a mesa e cadeiras e estenderam no chão peles de carneiro e de onça. Ajoelhados encostavam as frontes e mãos no chão, repetindo variadas vezes as orações.

Eu discernia somente uma palavra:

— Allah. Allah. Allah.

Ao final da ladainha um deles trouxe tábuas escuras, onde desenhavam, orientados pelo grão-mestre, leis e preceitos no alfabeto arábico.

Cada um de posse de sua tábua repetia infinitas vezes a lição ali escrita. Escreviam em minúsculos papelinhos, que eram dobrados amiudadas vezes e cautelosamente metidos em pequenos patuás que traziam amarrados ao pescoço.

Terminados os ensinamentos as tábuas foram lavadas, e a água que corria suja de tinta era aparada em um cálice.

A noite dos cristais

Formaram um círculo e o cálice foi passado de mão em mão, cada um, moderadamente, tomava um gole e passava ao próximo.

— Oh raios! Oh rapaz, sai daí pra baixo! Sai daí que podes cair e partir uma perna! Ordenou o português dono da venda.

No mês de outubro tínhamos a festa de Nossa Senhora do Rosário. Ocasião de grande afluência, vinha gente de todos os distritos da Bahia. Milhares e milhares de pessoas acotovelavam-se nas ruas para ver passar o rei dos pretos.

Com seus instrumentos afinados, os músicos abrindo o desfile tocavam com alegria e alma a sua arte. Tan-tans, ganzás, agogôs, atabaques, marimbas, adjás, afofiés e urucungos faziam um som infernal.

Vinham numerosos dançarinos e malabaristas que volteavam, saltavam no ar, davam mortais, giros, paradas, corrupios e requebros coriscantes.

O público aplaudia febrilmente, vários já sacudiam as ancas, assoviavam e gritavam nomes de parentes.

Estandartes de várias cores e formas dançavam no ar.

Várias mulheres vestidas a caráter carregadas de pedrarias e colares traziam cântaros à cabeça, outras distribuíam aromáticas flores brancas entre a multidão quase em êxtase.

Surgiam então as princesas; lindas jovens negras, ornadas de intrincadas tranças e penteados, vestidas com longas túnicas coloridas.

Delírio. Era o rei.

— Viva o rei, viva o rei! Gritava a turba ensandecida.

Trazia uma bandeira vermelha, uma falsa coroa na carapinha, e um cedro enfeitado com profusões de fitas multicoloridas, tudo isso encapado por manto de veludo verde, ricamente detalhado e que se arrastava por quase três metros.

Ao seu lado a rainha. Vinha com longo vestido azulado

"— Viva o rei, viva o rei!"

e cauda não menos curta que a do rei. Faixas vermelhas na cintura, ricas tranças enfeitadas com flores e miçangas e um buquê, de onde tirava pétalas e atirava aos súditos.

Cada pétala, que diziam ter poderes, era disputada aos empurrões pela multidão.

As mães estendiam os pequenos ao alcance do cedro real; diziam emanar eflúvios e vibrações. As barras dos mantos reais eram beijadas e tocadas com fervor, era necessário truculência para conter os súditos e não deixar nuas as reais figuras.

Largas quantidades de aluá, cachaça e rum eram consumidas. A alegria delirante crescia, e a praça da igreja tornava-se insuficiente para conter a massa ululante.

O aperto se fazia insuportável, surgiam as safadezas, abusos, insultos, xingos, arengas e, infalivelmente, os convincentes milicianos distribuindo a bel-prazer as já conhecidas porretadas.

No fim da festa alguns mais fiéis ao rum que ao rei jaziam largados ao chão, e os cães secavam suas babas.

Eu ficava até de madrugada lendo os manuscritos, tentando estabelecer alguma coerência entre eles. Uma vez me levantei muito tarde, me banhei e desci para a cozinha. No caminho encontrei um sujeito lavando-se no tanque: fungava, tossia e cuspia. Enfiava a cabeça debaixo da torneira, ensaboava as axilas e a água abundante molhava o seu tronco. Num só impulso jogou a cabeleira para trás e, repentinamente, virou-se para mim. Era magro, branco e cabeludo, com os dentes e dedos amarelados de cigarros.

— Olá, como vai?

— Oba, bem. Brasileiro? Como vai?

Com uma toalha encardida ia enxugando a cabeleira e

falando. Era do Rio de Janeiro e estava querendo criar uma banda. Chamava-se João Marcos, mas tinha o nome artístico de Michael, com pronúncia inglesa e tudo o mais.

— Aqui eu tenho mais chance de ir pro Caribe ou Flórida, e se tudo der certo, fazer um som em Paris.

Perguntou se eu tocava algum instrumento, eu disse que não. Admirou-se: — Mas um crioulo do teu tamanho... e não toca?

— Não, não toco.

Penso que se conformou, tentou por outro lado:

— E de onde você é? Eu disse que era pernambucano de nascimento e criado em São Paulo, ao que ele diz:

— Você não tem fala de paraíba.

— Mas sou.

Convidou-me para ir naquela noite ao local onde tocava, aceitei:

— Nove horas?

— Nove horas.

Minha mãe Flora era uma mulher de muita devoção. Era devota de São Benedito, pretinho... divia te sufrido e muitho... tadinho... São Jorge, Santa Clara, Santo Amaro, Santo Antonio, Santa Ismênia, São Pedro, São Luiz... enfim, de uma quantidade infinita de santos, que não vou aqui enumerar, pois descaracterizaria o intento destas linhas, e me custaria talvez outros escritos; infelizmente, a pena é curta, e o tempo urde.

Rezou muita missa, pagou infinitas promessas, fez muitas penitências, louvações e decorou salmos e credos.

Além disso, ajudava os mais pobres, fazia donativos, lavava igrejas, e às vezes, batinas e meias, vestia defuntos, confortava moribundos, promovia reunião de senhoras, participava de batismos, unções e tudo mais que fosse santo ou divino.

Creio que se tudo for verdade, a esta hora, ela é um anjo preto nas constelações do céu.

A Bahia, depois que deixou de ser capital do Império, perdeu um pouco de sua importância política, talvez tenha ficado até mais pobre. Mas de uma coisa, com certeza, a Bahia é muito rica e tem de sobra, aliás três itens: negros, ladeiras e igrejas.

Quanto aos negros sou suspeito em falar, quanto às ladeiras é só andar por lá e com certeza vai encontrá-las, e quanto às igrejas, na época em que lá morei, havia centenas delas, sem contar as que estavam construindo.

Eu, um negrinho, subia e descia ladeiras, para assistir às missas nas igrejas da Bahia. Minha mãe tinha um preceito, ia à igreja correspondente ao santo do dia.

Algumas eram suntuosas e ricas, com pedrarias, ouros e brilhos por todo o altar. Faziam-me lembrar das histórias de castelos e príncipes que o professor José Roberto nos contava.

Eram iluminadas por centenas de castiçais amarelos e brilhantes. A mesa do altar de onde o padre nos falava era feita de mármores finíssimos, trazidos da longínqua Itália nas costas dos negros. Tudo era suntuoso e grande e me fazia sentir menor do que realmente era. Os incensos invadiam o ar. Algumas vezes, órgãos de gigantescas cornetas adoçavam nossos ouvidos.

Havia um pequeno detalhe na ocupação do recinto.

Nas primeiras filas sentavam-se as famílias brancas, mais ao centro os mulatos, um pouco mais atrás os pretos livres e convertidos e, finalmente, acomodados no chão, nos corredores, e por onde bem se ajeitassem, viam-se os escravos.

Momento terno e especial era o da coleta da caridade. Os sacristãos, contrictus, passavam entre os fiéis bojudos sacos de veludo cor de vinho.

Os brancos depositavam notas graúdas, os mulatos, notas de menor valor, e os pretos davam algumas moedinhas; os escravos, estes, fechavam os olhos e juntavam as mãos, simulando fazer orações, e assim se faziam desapercebidos,

"Finalmente, acomodados no chão, nos corredores,
e por onde bem se ajeitassem, viam-se os escravos..."

outros sorriam tímidos e quase esfregavam a cara no chão envergonhados.

— Amém. Um coro de vozes angelicais sussurrou lá no altar.

Nessas idas às igrejas, num domingo fomos abordados no caminho por sacerdotes islâmicos que tentavam impedir que os negros fossem à missa.

Alguns deles interpelavam os passantes, enquanto dois subiram em uma murada, e fizeram pregações de suas doutrinas.

Um deles, o mais preto, o que portava um grosso colar, falava convicto de seus ideais e os defendia como não faziam os deputados nas tribunas; pregava com voz forte:

— Irmãos africanos, ouçam! Só Allah nos une, lutemos e voltaremos para a mãe África. Não vos enganeis, os brancos, cães infiéis, lhes dão uma cruz de madeira para adorar, e uma infinitamente maior, esta, a que vós carregueis nas costas. Venham! Voltem! Não vos iludais com os pregadores das igrejas que proferem palavras suaves aos vossos ouvidos e que vos oferecem um paraíso no além. Mas, qual é o preço desta suposta felicidade? Hein? Digam-me! Escravidão e humilhação.

— Não, não, povo negro, é tudo mentira. Eles marcam nossas carnes com a cruz em ferro quente. A mesma cruz sangrenta que vos oferecem para adorar.

— Não, não, povo negro, voltem! Não frequenteis seus altares, que brilham com o ouro que compra a nossa liberdade.

— Digam-me! É verdade que a casa do deus dos brancos é igual para todos? Não, não é e nunca será, lá os negros arrastam-se humilhados pelo chão.

Entre aqueles que paravam para ouvir, um perguntou:

— É verdade que iremos para o inferno?

— Que inferno? Blasfêmias dos cães infiéis. No inferno já estamos. Matam nossos filhos, somos amontoados em latrinas fedorentas, queimam nossas casas e estupram nossas esposas e filhas. Somos açoitados e perseguidos pelos milicianos e vendidos como animais. Tolices.

Alguém perguntou na multidão:

— Mas e o Diabo? Diz que ele vem e arrasta pela língua aqueles que não aceitam a palavra.

Intervém o segundo orador.

— Não temais, irmãos africanos. Os exércitos de Allah não temem os tinhosos e demoníacos seres. Não, não, não!

— Eles sim, cozinham nossas carnes e ferem nossos ventres com sua sanha de riquezas.

— Allah nos protege! O profeta está conosco! Venceremos, povo africano!

— Pregador, mas eles dizem que...

Continuou o orador.

— Sim, sim, eles dizem tudo contra nós... de suas gargantas pestilentas sempre sairão palavras para vos humilhar. Eles necessitam que acreditemos não sermos nada. Mentiras, mentiras e sempre mais mentiras.

— Muito bem!

— Apoiado!

— É isso memo!

Retomou o orador:

— Tínhamos uma língua; hoje falamos a estranha língua de nossos algozes. Tínhamos uma história e um passado, hoje vivemos humilhados no cotidiano, esperando o futuro, gritou, que eles... eles nos darão.

— Irmãos africanos, ouçam! Eles sempre falarão contra nós, é necessário para que se fortaleçam cada vez mais. De suas bocas só saem mentiras e miasmas pestilentos. Eles nos negam e se riem de nossos costumes.

— Ontem possuíamos orgulho de existir. E hoje? Eu vos pergunto: e hoje? Pregam que somos ridículos e que não somos nada, nada, nada!

— Irmãos africanos! Mentiras e mentiras! Lutam para que acreditemos. Insistem em negar nossas origens e tradições.

A noite dos cristais

— Percebei, meus irmãos, é claro como o sol e límpido como um rio.

— Nós... somos boçais; eles... a beleza; nós, animais; eles... cavalheiros; nós, estúpidos; eles... guardiões da sabedoria, e tudo o mais que vós podeis imaginar...

— Sempre será assim, sempre será assim, sempre.

— Trafegam pelas ruas montados em seu orgulho e vaidade, e nós marchamos desolados, seminus, olhando para os pés enlameados.

— Até quando meus irmãos africanos? Até quando? Até quando o deus deles vier distribuir justiça? Não! É o que eu digo, não!

— Tudo terminará quando tivermos coragem de lutar. Podemos nos organizar e vencê-los. Eles têm armas, nós temos Allah. Eles são poucos e fracos. Nós somos muitos e temos a insaciável sede de Liberdade.

Olhou para a plateia, levantou para o céu a mão direita plena de anéis e com o indicador em riste, já rouco, vociferou.

— Vamos africanos, os exércitos de Allah nos aguardam!

De repente os ouvintes apavorados corriam para todos os lados. Uma unidade de cavalaria veio distribuindo nos lombos desavisados estocadas de espadão.

— Teje preso muçulmano safado!

Os dois sacerdotes foram detidos, amarrados e arrastados pelos cavalarianos para a Casa de Correção.

Na Bahia, em noite clara de lua prenha no céu, estrelas corriam para o infinito. Negrinhos livres e escravos, mestiços, curibocas e portuguesinhos, nos reuníamos na Ladeira do Prata, em torno do velho nagô Balogum, oficial de exército, sempre vestido com um surrado paletó sem botões, calça curta de saco de trigo e pés inchados no chão.

A sua boca murcha contava estórias de bichos e de pretos do mato.

Fiava esteiras, e cada conto, tecia com pausas na sua língua de preto.

— Sikuta... zelê forum zimbora... otulus tava na lavôra.

Firmava um ponto e olhava o céu... Otavulu, Alixandi... Culaudio... Liana... os lapassi tinha supada... ia recordando os carreirões no povo... nóis bulia cas muié dele... participara de lutas... No Engenho Velho, no Cabula, nas Matas do Urubu... Depois corriam para o Poço do Saldanha. Falava orgulhoso do bando do Generá Barata e do grito de guerra que ecoava nas matas:

— Sua Majestade a plebe mulata e negra.

Ria... um riso com tosse...

— Tô nu bicu d'urubu...

Uma voz iluminada de lampião gritou:

— Nove horas... tudo bem...

Várias vezes enquanto eu fazia as lições meu pai sentado à minha frente lia o seu jornal. Este dizia que os muçulmanos cultivavam estranhas magias e que eram propensos a promover levantamentos e arruaças. E que nos últimos tempos tinham criado vários problemas, pelejas com os milicianos e ajuntamentos perigosos.

Dizia também que eram revoltados com a sorte que Deus lhes dera, e que davam mau exemplo aos africanos desembarcados e aos convertidos à fé cristã, oferecendo então perigo para as instituições, a família, e a propriedade laboriosamente adquirida.

Minha mãe que chorava sentada na soleira descascando cebolas disse:

— Tá pensano que mrimbau é viola?

Minha avó Ombutchê cuspiu no chão, passou o pé em cima, soltou uma fumacinha e riu:

— Hi... hi... hi... hi...

Nem bem o dia se insinuava todo com um vermelho que

A noite dos cristais

69

crescia no céu expulsando a noite, e já os primeiros saveiros e barcos pontilhavam a baía. Os negociantes vinham de todo o recôncavo, de Itaparica, de todas as vilas marítimas e do sertão. A correria se formava cedo com homens e animais subindo e descendo, tudo chegava nos lombos das alimárias e dos negros.

Aquela massa humana ia fervilhando e atingia o clímax com o sol fuzilante do meio-dia. Decaía a partir das duas e já arfava no fim da tarde.

A feira era um acontecimento social, como a leitura era pouca, funcionava como um jornal falado. Todos vinham saber notícias de parentes e compadres. Os cafumangos, cozinheiros de navios, traziam notícias de Cuba: branco que não correu, morreu.

Os Tangosmãos continuavam trazendo escravos em variedades, e as últimas diziam que a África ainda ardia em guerras. Fugitivos vinham do recôncavo e cochichavam rebeliões e fugas. Quilombolas misturavam-se à multidão, adquiriam mercadorias e faziam novos adeptos, os muçulmanos; estes reuniam-se nas bancas de carne de carneiro.

Muitos vinham comprar, vender ou trocar, cortar o cabelo, ao médico, encontrar esposa, comer, beber ou simplesmente passear.

Podia-se comprar de tudo um pouco; talheres, comidas, remédios, quinquilharias, armas e ferramentas. Ou ainda aves, tecidos, carnes, ervas, louças, frutas, farinhas, óleos, animais ou homens.

Cada produto ou profissional tinha o seu canto, entre eles havia os mais requisitados por todos, principalmente pelos feiticeiros e mandingueiras.

Eram os pretos caçadores. Vindos das selvas africanas, no Brasil adaptavam-se às matas e exploravam seus segredos. Treinados em longas viagens muitos nunca voltavam, uma vez que tinham um inimigo comum, os brancos, eram aceitos nas aldeias e amasiavam-se com as índias.

Os pretos passarinheiros portavam gaiolas com centenas

"Eram os pretos caçadores. Vindos das selvas africanas, no Brasil adaptavam-se às matas e exploravam seus segredos..."

de aladas criaturinhas; de seus grossos lábios carnosos saiam trinados tão maviosos que as enterneciam, estas vinham embevecidas e saltitantes, como que atraídas por serpentes, pousar em visgos e armadilhas. Nas brigas de canários, davam sementes de liamba para que as avezinhas excitadas lutassem ainda mais.

Os caçadores manipulavam serpentes coloridas, traziam guizos, unguentos virulentos, geleias, emulsivos, teias viscosas, escamações, pelos, fezes e urinas de repugnantes criaturas. Conheciam babinhas purulentas, secreções raríssimas, pólens de libélulas e sêmens leitosos. Comercializavam cabecinhas e sexos decepados, ossos, peles de onça, de tamanduá, de quati, de paca, de tatu e de outros bichos desavisados. Havia um caçador que era altíssimo, careca e com marcas tribais gravadas nas frontes. Tinha os pés enormes como uma embarcação.

Uma vez chegou com um bicho-preguiça agarrado às costas que brincava com galhos de imbaúba; o mênstruo do animal corria visguento pelo seu dorso.

Ao seu lado havia um homem pequeno como um pigmeu, conhecedor dos segredos da flora dissimulados nos caminhos e sombras. Trazia raminhos portentosos e galhinhos que ingeridos derrubariam um cavalo. Pós, cogumelos, extratos, essências, urtigas dilacerantes, gotículas e raízes. Manipulava ervas dos sonhos, folhas calcinantes e sementes estupefactantes. Substâncias estas que levariam um homem aos mais doces sonhos, à loucura ou à morte.

Conhecia também folhas, resinas, brotos e pruridos que causavam embriaguez, cólicas, contrações, hemorragias, estupor e morte.

Eu só tinha olhos para os aluás, manuês e sonhos, só via os bolos de canjica e atacaçás, todos mergulhados em leite e mel.

Minha mãe continuava me puxando pelo braço, arrisquei:

— Mãinha, compre um doce, compre?

— Ochente mininu, tudo qui vê qué. Parece que nunca cumeu!

Andou mais um pouco resmungou, voltou e comprou um atacaçá.

Esgoelaram:

— Ladrão, ladrão, pega ladrão!

Vimos um preto esfarrapado correndo com um pão nas mãos. Corria desesperado, caindo e tropeçando em seu medo. Foi detido pelos milicianos.

— Teje preso coisa ruim!

Os muçulmanos correram em sua ajuda.

— Ele não roubou nada, roubar dos brancos não é roubar!

O comandante do destacamento, vociferou:

— Sou uma autoridade, afaste-se!

— Que autoridade? Você!? Só há uma autoridade, Allah. Você é um cão, mulato maldito!

Houve pancadaria, os muçulmanos e o ladrão foram conduzidos para a Casa de Correção.

Um africano rico vestido com longos mantos coloridos entrou pela feira adentro, trazendo acorrentada a sua cambada de negros, gritava em sua língua e fazia sinais para que os escravos se sentassem formando um círculo. Deu-lhes uma melancia aberta que eles comiam vorazmente, tilintando as correntes das mãos.

Um mobica, escravo forro, que portava um grande chapéu de feltro, enfeitado com duas longas penas verdes, trajando um paletó vermelho de botões dourados, uma calça de veludo azul sustentada por um cinto preto de vistosas fivelas e botas, aproximou-se interessado e indicou com o cabo do chicote as peças pretendidas: Uma escrava capenga que utilizava uma surrada camisola de algodão e seu filho nu.

O proprietário livrou-a das correntes, levantou-lhe e fez com que ela saltasse e gritasse várias vezes; os gritos saíram roufenhos e miúdos, no terceiro salto, ela tombou por terra.

A noite dos cristais

O comprador então desviou sua atenção para o moleque. Este, um menino talvez de minha idade, impelido pelo africano, com um sorriso na carinha preta, saltava com a leveza e graça de um pássaro. Plantou bananeiras, caminhou distância só com as mãos e fez micagens como se amestrado fosse. O negociante riu-se, agradou-se dele e fez proposta. Os mercadores regateavam e especulavam, ambos procurando vantagens. Levou o menino.

Então, a mãe possuída por mil demônios gritou na sua língua desconhecida, chorou convulsa, uivou e rolou pelo chão. Juntou punhados de terra que jogava sobre si mesma. O africano deu-lhe pontapés pelas costelas para que se comportasse. Ela, num choro miúdo, enfiou punhados de terra pela boca.

Já na saída da feira homens em círculo gritavam e atiravam chapéus para o ar. Era uma briga de galos. As apostas se faziam e as moedas jorravam no bornal do desafiante.

Ao centro os inimigos entreolhavam-se; um garnizé arrepiado e com fama de matador e o branco de pescoço pelado e afiadas esporas. A luta era sanguinolenta, o galo branco tinha um furo na cabeça e o outro já perdera um olho.

Intervalo. Os treinadores tomam suas aves, chupam os ferimentos, beijam suas cabeças e lhes sussurram palavras de ânimo.

Reinício, a plateia urrava de prazer.

O primeiro mirou o oponente e lançou-se sobre ele com bicadas na cabeça já ferida, cravando-lhe as esporas nos dois olhos que vazaram gelatinosos por terra.

Urros da torcida. Senti tonturas e vi luzes. Ferido tombou por terra e no máximo da humilhação foi cavalgado como uma franga.

Seu proprietário distribuindo moedas gritou aos seus ouvidos.

— Pombo, frango de panela, e vapt! Passou-lhe a navalha no pescoço, o sangue corria pulsante e morno para uma vasilha, minha mãe arrematou o vencido.

Vomitei. Minha mãe aflita, apoiava minha testa e dizia:

— Qui foi fiinho? Qui foi? Virge Santa, meu fio!

Uma velha benzedeira, preta Cosma, conhecida por todos como Mãe Loló, pôs a mão sobre minha cabeça e disse:

— Pretim bonitim. Tadinho, tá cum quebrante u mininu. Criança é pura. Num cunhece mal do mundo. É quebrante minha fia. Leva lá nu terrero, leva.

Naquela noite houve ritual dos mortos; aquele galo foi depenado, esquartejado, teve suas entranhas dilaceradas e foi cozido com sangue em brasas incandescentes. Criaturas com mandíbulas possantes trituravam sua carne, e seus ossos eram esmigalhados por arcadas poderosas.

Quatro seres bruxuleantes lambiam os beiços de satisfação; eu, meus pais e minha avó Ombutchê.

No dia seguinte fui com minha mãe no terreiro da preta Cosma, num cafundó do judas lá na Quinta das Beatas.

Íamos por trilhas e caminhos escusos, guiados pelos sons dos atabaques. O sítio era marcado por uma enorme gameleira. Quando chegamos já havia outros consulentes.

Os atabaques eram cavalgados por canelas pretas de calças curtas de chita e surrados por alucinadas mãos.

A mandingueira chegou amparada por duas assistentes. Estas usavam faixas vermelhas nos peitos e tinham as carecas laboriosamente desenhadas.

A sacerdotisa vinha ornada com colares de variada cor e quantidade, um terço e pulseiras nos braços finos de pele preta lustrosa.

Em torno da gameleira uma assistente desenhou um círculo com pólvora, ali depositou uma garrafa de marafo, um ebó com farofa, e um galo preto amarrado pelos pés.

Postaram a anciã no círculo, acenderam a pólvora, e andaram à sua volta com cantos e orações.

O santo montara o seu cavalo. De olhos fechados a possuída teve estremecimentos por todo o corpo e rolou convulsa pelo chão, falando em estranha linguagem.

A noite dos cristais

Letárgica, já de pé indicava o que queria; tomou do marafo, acendeu um charuto e solicitou a ave.

Em sinal de imolação, alçou o galo aos céus e depois às matas, e cravou-lhe os dentes, arrancando penas e dilacerando artérias.

O sangue aparado num alguidar untou a cabeça e os peitos das assistentes, que riam e dançavam lascivamente.

O santo indicou que eu me apresentasse. Fui levado ao centro por minha mãe.

Jogou fumaça sobre mim e dentro dos meus ouvidos, fez sinais cabalísticos com o charuto, virou-me de costas, segurou meus ombros e gesticulou como se limpasse minhas costas.

De novo de frente distendia-me os braços e agia como se me lavasse.

Gritaram: — Milicos!

Em fuga içado por minha mãe quando olhei para trás vi a anciã ainda em torpor, tomando varadas dos milicianos.

Chegamos em casa na boca da noite.

Duas noites depois meu pai lia nos jornais que um grupo de africanos fora preso por praticarem rituais de magia em local retirado no Engenho Velho, conhecido como Quinta das Beatas. Minha mãe olhou-me cúmplice e anunciou:

— Vamu cumê, gente!

Uma noite na hora da virada bateram em nossa porta. Meu pai perguntou quem era. Levantou-se rápido e armou-se com o facão.

Alguém respondeu lá fora:

— Mala.

— Quem?

— Mala Abubakar, não se lembra de mim, Abu Akbar? Foi a primeira vez que ouvi o nome islâmico de meu pai. Ele teve um estremecimento, acendeu o lampião e tirou os ferros da porta.

Um homem entrou e fechou-a rapidamente atrás de si.

De minha rede podia vê-lo; era o sacerdote que eu vira com os seus discípulos na casa ao lado da escola. Desta vez portava um gorro cônico com a ponta caída sustentando uma bolota. Meu pai perguntou:

— Mala Abubakar, o que o traz a esta hora à minha casa?

— Você é um bom homem, Abu Akbar, precisamos de você. Nossa luta cresce no seio de outros povos e dos animistas infiéis.

— Não, não. Eu já vos disse uma vez, não!

— Akbar, esqueceu-se dos ensinamentos?

— Ora faz tanto tempo...

— Então esquecestes vosso povo?

— Não, não esqueci. Não esqueci também que fomos traídos e vendidos. Não esqueci que mataram os meus e incendiaram o meu lar. Não, nunca esquecerei!

— Mas é a guerra, perdemos e ganhamos.

— Não, nós só perdemos. Eu já vos disse mil vezes, não! Asseverou meu pai.

O sacerdote olhou-me e disse:

— E vosso filho, será um escravo?

— Não! Fui escravo, mas meu filho nunca o será! Pelos céus! Eu trabalho e trabalharei ainda mais e eu o educo. Malan, por favor, não digas uma coisa dessa.

Minha mãe levantou-se e foi preparar um café, minha avó acocorou-se em seu canto e acendeu seu cachimbo. O sacerdote continuou.

— Como se chama o pequeno?

— Gonçalo Santanna, disse meu pai.

— Ah, uma marca cristã.

— Marcas? E o que são marcas? Meu pai abriu a camisa e disse:

— Fui marcado a ferro quente na África e quando cheguei aqui. Mostrou as costas: — Vedes? São marcas de meu povo. Indicou os ombros: — Vedes? São marcas de vendas. Indicou o sexo e disse: — Fui circuncidado para ser aceito.

A noite dos cristais

Que importa uma outra marca? Santanna, Moura ou Silva são só outras marcas, não me importo.

— Você é humilhado por eles.

— Não. Eles me humilharam, mas eu nunca me humilhei; ninguém pode imprimir marcas em minha alma, ela é livre.

— Belas palavras, Akbar. Onde as encontrou?

— Nos livros, hoje sei que o que me libertará é o conhecimento.

— Que livros? Nos livros dos brancos que acorrentam e matam nosso povo? São livros ditados pela língua da serpente cuspideira. São venenosos. As palavras dos brancos saem da boca e não do coração.

— Escutai. Tudo isso é uma grande loucura, vocês estão sozinhos e isolados. Jamais voltaremos, vamos reconstruir nossas vidas aqui, dizia meu pai já impaciente.

— Não! Vamos lutar, mataremos os brancos e esses mulatos indecentes.

— Vocês são poucos.

— Sim, mas venceremos. Como podemos contar com negros estúpidos que amam uma cruz de madeira, como? Ou com homens que adoram divindades e fazem magias. Não! Não! Não!

— Mala Abubakar, será um suicídio.

— Sim, podemos morrer, mas morreremos com Hamad.

Minha mãe trouxe o café, meu pai serviu-se e ofereceu ao visitante, que não aceitou e pôs-se de pé:

— Não vireis Akbar?

— Não! Meu pai sorveu um gole, e perguntou: — Quando será a luta?

— Os céus te avisarão. Mala Abubakar saiu e mergulhou na escuridão.

Minha avó Ombutchê apagou seu cachimbo, deitou-se e profetizou:

— Exú vai voltá!

Na amplidão da noite uma voz anunciou:
— Uma hora...

Na manhã seguinte, descendo a nossa rua, ia um escravo cabreiro e seu rebanho, liderado por um enorme bode preto e brilhoso de cornos virados. Diante de nossa porta o bode estacou e começou a berrar com sua bocarra vermelha.

Ameaçava invadir nossa casa, dava pinotes, babava, andava em círculos resfolegando e batia com fúria os cascos na laje. Quando empinava nas patas traseiras, víamos o seu escroto intumescido e seu membro erecto latejante e cheio de veias, tinha espasmos intermitentes.

O cabreiro tenta contê-lo à base de gritos e chicotadas.
— Queta Chicão! — tlá-tlá — queta diabo! — tlá-tlá...

Zupt! O endiabrado num átimo voa-lhe com os cornos na caixa dos peitos, estatelado, fica resfolegando pelo chão de olhos esbugalhados, procurando o ar que lhe faltava.

Vieram então as cabritinhas, dóceis, deitaram com as patas dianteiras reclinadas e jogaram para os céus seus traseirinhos dançantes.

Já sôfrego, o bode lambia-lhes os fundilhos, excitadas, mais arreganhavam as perninhas, e soltavam berrinhos de satisfação; babantes, olhavam para trás com olhinhos suplicantes e o bode velho as possuiu, uma a uma.

Minha avó Ombutchê puxou-me para dentro, passou os ferros na porta, olhou-me com seus olhos esgazeados e disse:
— Exu vai voltá.

Ele queria suas vítimas. Foi até seu nicho, acendeu seu cachimbinho e velas, mexeu nos raminhos, cruzou um colar de contas por entre os dedos e pôs-se a proferir orações na língua dos antigos. De repente, deu gritinhos: uh... hi-hi-uh... soprinhos, fhu... fhu. Jogou uma das mãos às costas, dobrou-se para frente e com seu pé de unhas sujas riscou na terra um círculo, por onde andava apoiada nos dedos do pé esquerdo à guisa de mancos.

A noite dos cristais

Bateu nos peitos com estrondos como se jovem guerreiro fosse e com a mão das costas ia soltando estalinhos secos tá-tá-tá. Rodopiou e disse:

— Hum, hum... mizifio... hum... hum... mizifio...

Existem brigas internacionais e de casais, estas embora no anonimato do lar fazem a história. Ocorreram na noite de vinte e quatro de Janeiro de hum mil oitocentos e trinta e cinco. Penso que tinha uns dez ou doze anos e elas imprimiram profundas mudanças na minha vida, na história da Bahia e quiçá do Brasil. Inacreditável.

Na Rua do Paraíso em um cômodo sem janelas, três crianças assustadas e maltrapilhas estão sentadas em uma cama; duas têm ranho escorrendo pelo nariz, e a terceira os olhos inflamados. Todas choram.

Ao lado, Agostinha, preta nagô, discute com o seu amigo e pai de seus filhos, Belchior:

— Não! Não detesto os brancos, vim escravizada de minha terra e um branco me emancipou, não tenho raiva deles.

Belchior já fulo de raiva diz:

— Como concordar com isso? Olhe para as crianças, eu preferia que estivessem mortas, maldita hora! Agostinha atira-se aos pés de Belchior e implora. Vendo a cena, os pequenos choram com mais intensidade.

— Pelo amor de Deus, Belchior, e as crianças? Pense, homem, pense!

— Pior do que estão não ficarão. Sai mulher! Você verá, em breve não teremos mais brancos ou mulatos vivos na Bahia. — Saiu e bateu a porta com violência.

Na Rua de Guadalupe, em um cômodo de aluguel, cinco crianças choram e pedem pão à mãe, Sabina da Cruz, nagô emancipada que berra:

— Cale a boca peste! Vão dormir que a fome passa! Não sei onde eu estava com a cabeça.

— Não grite, mulher dos infernos. Parece louca! Gritou

"Na manhã seguinte, descendo a nossa rua,
ia um escravo cabreiro e seu rebanho, liderado por um
enorme bode preto e brilhoso de cornos virados..."

Victório, preto nagô, pai de seus filhos e conhecido entre os muçulmanos como Sulê.

— Não se meta com isso, pelo amor de Deus! Eu sei das suas conversas com os homens dos saveiros. Não vá meu amigo!

— Cale a boca mulher! Já te falei. Amanhã os negros serão os donos da terra.

Sulê colocou seu turbante e traje islâmicos, pegou vários facões guardados debaixo da cama, beijou seu patuá e saiu sem olhar para trás.

Na Ladeira do Desterro em um porão úmido e mal iluminado cinco crianças terminam de jantar arroz puro e pedem mais à mãe, Guilhermina de Souza, que diz:

— Vão dormir nojentos. Come tudo hoje, e amanhã come vento? Parece que come com os olhos. Já pra cama. Se eu pegar o cinto neguinho vai chorar.

Fortunato, preto nagô escravizado, resmunga pensativo:

— Eles choram porque têm fome.

Ela grita: — E por que você não traz comida? Fica metido em reuniões com os nagôs de Santo Amaro.

— Cala boca nega do cão! Virou-se, tirou seis pistolas que estavam em uma caixa, tomou seu tessubá, rosário, e saiu sem nada dizer.

Agostinha trancou a porta, arrastou consigo os filhos, foi até a Casa de Correção e disse:

— Quero falar com o comandante.

Guilhermina e Sabina da Cruz foram ao posto da cavalaria, e disseram em compasso:

— Onde está o oficial?

Por brigas que tiveram com nagôs e haussás seus vizinhos, Tereza, nagô escravizada e Duarte Mendes, africano, foram até o quartel dos milicianos e garantiram:

— Naquela casa todos são discípulos de Luíz Sanim, possuem papéis com estranhos caracteres. Falam língua enrolada e têm parte com o cão.

Os escravos que participavam do conluio riam à socapa. Era ardentemente desejado o momento em que invadiriam as casas senhoriais... quebrariam as louças... sim... sim... o lustre da sala... os penduricalhos... um trabalhão pra limpar... ah... sim... a cristaleira... copos e jarras... delicados desenhos... finos contornos. Ah... certo... as taças!... com vinhos cor de sangue... as festas... as haras... os negócios... apoteose do brilho e esplendor. Sim... sim... e os bibelôs de nhanhã...

Aquela seria conhecida na História como a noite dos cristais, não foi.

Às três da madrugada, Egba, nagô escravizada, envolvida em mantos e véus escuros, disparou um foguete em frente ao Paço Municipal. A revolta dos Malês começara.

Um grito de guerra ecoou por toda a Bahia:

— Liberdade, viva o negro e seu rei!

— Morte aos brancos e mulatos!

— Liberdade, viva o rei! Viva o rei!

Com ódio, os tambores de guerra aterrorizavam os ouvidos dos homens bons. Ficaram as casas de portas e janelas trancadas e reforçadas. Famílias tementes a Deus e à vida trancaram-se nas igrejas. As mais abastadas refugiaram-se a bordo das naus.

Milhares de revoltosos vinham decididos, brandindo suas armas e atacando todos que encontravam pelos caminhos com facões, pistolas, adagas árabes, carabinas, fuzis, bacamartes, lanças, flechas, porretes e tudo o mais que pudesse ferir ou matar.

Dividiram-se em dois grupos. O primeiro parte da Barroquinha e desce a Rua da Ajuda em direção ao Forte de São Pedro.

Outro parte em direção à Água de Meninos, passaria pelo Bonfim e depois, já vitorioso, partiria atacando as plantações. Os que não puderam sair na noite, aguardariam o horário de ir à fonte pública e se juntariam com os demais já vitoriosos em Salvador e espalhariam a luta por todos os cantos.

O grupo da Barroquinha desce a Rua do Faísca; atiradores postados nos telhados têm um alvo fácil, os revoltosos tombavam atingidos; a perda foi grande. Entra pelo Beco das Quebranças onde encurralado sofre várias baixas.

Já bastante reduzido chega ao Forte de São Pedro e recebe reforços de outros amotinados que vinham do bairro da Vitória. Tentam libertar os prisioneiros e são recebidos à bala. Mais de oitenta mortos e vários feridos. Os sobreviventes fogem para as matas de São Gonçalo.

O esquadrão que ia em direção a Itapagipe em Água de Meninos sofre disparos de canhões vindos de duas fragatas de guerra estacionadas. A cavalaria que se organizara no Bonfim vai à carga, cavalarianos com golpes de espada cortam cabeças e braços.

Os cavalos enfurecidos pisoteavam.

Desespero. Vendo a derrota iminente, muitos cometem suicídio. Um nagô já sem o braço esquerdo, gemendo de dor, crava o punhal no coração. Um escravo sem as pernas, exangue, corta a jugular com golpe de facão. Outros de cima de cumeeiras mergulham de cabeça contra a laje. Muitos estouram os tímpanos com tiros de pistolas. Vários correm para o mar e abraçam as ondas.

Tragédia; pela manhã, corpos e membros decepados, crânios abertos e vísceras espalhavam-se por todos os lados.

Os cães fartaram-se.

Por volta das oito horas os milicianos tentam invadir na Rua da Oração a casa do mulato Domingos Marinho de Sá. Mais de trinta negros armados caem sobre eles, e provocam baixas na força.

Um pelotão de cavalaria junto com os carabineiros cercam o local, há violento tiroteio. Cães treinados entram na casa e saem carregando na boca sexos ensanguentados.

Um desesperado sai da casa e desce correndo a ladeira, é alcançado pelos cães enfurecidos que o dilaceraram.

Os milicianos entram; ouvem-se gritos e disparos.

Os vencidos eram trazidos para fora e os vizinhos indignados caem em cima dos amotinados com paus e pedras.

Os revoltosos são amarrados pelos cavalarianos e arrastados pelos ginetes até a Casa de Correção.

As lajes ficaram vermelhas.

O jornal publicava legendas. O presidente da província exigia a apuração do gravíssimo caso. A escrita islâmica saíra do anonimato cantada em diversas formas: escritos à maneira dos hebreus, escritos arabicamente, escritos hieroglíficos, brochuras hebraicas e caracteres estrangeiros.

Mala Abubakar, o chefe, Mala Abubakar, o limano, Mala Abubakar, o Thomé, tornou-se o homem mais procurado da Bahia; nunca foi encontrado. Na verdade, dentro do Islão, Malan é equivalente ao padre católico. Era tão identificado com sua causa que incorporou seu posto ao nome, Mala Abubakar. Os juízes organizavam os processos e ouviam as testemunhas. Os inspetores de quarteirão e chefes de distritos faziam rigorosíssima investigação, todos os muçulmanos eram suspeitos e tiveram suas casas invadidas.

Quando a lua no céu era plena nas noites da Bahia ouviam-se gritos de desespero, saídos dos becos e ladeiras.

O terror instalou-se. Ameaçados, todos delatavam o próximo. O medo e a dor se espalharam, olhos perscrutavam dissimulados por trás das cortinas.

Os destacamentos invadiam casas e cubículos à ponta de baionetas e truculência. Os presos eram deplorados em praça pública.

Quebravam os cacarecos de louças, espalhando cacos de vidros pelo chão; copos rachados, xícaras sem asas, jarras sem bico, restos que teimosamente tentavam imitar as mesas senhoriais eram estilhaçados.

A noite dos cristais

Uma noite cães e homens chegaram à nossa casa; bateram a golpes de coronhas.

Meu pai abriu a porta e foi jogado no chão por uma coronhada no rosto. Soldados armados invadiram nossa casa.

Agarrei-me à minha mãe que chorava.

— Cala a boca coisa preta! Não adianta chorar agora! Disse o oficial. Dois deles reviravam tudo. Um foi até a despensa e atirou ao chão todas as louças da casa, espalhou os mantimentos, e destruiu o paneleiro de minha mãe. Outros reviravam o colchão, e com leves golpes de coronhas pelo chão procuravam segredos dissimulados. Um soldado que segurava um cão pela coleira, açulou-o contra a minha avó, que estava sentada pelo chão:

— Pega, capeta, pega!

O animal babando e com cara enfurecida rosnava para ela.

— Levanta múmia preta! Estrupício do cão! Disse, agarrou minha avó Ombutchê pelos braços finos e a arrastou para o centro da casa. Efetuou em suas coisas uma minuciosa revista. Outro miliciano foi até o baú de meu pai, revirou tudo e alertou:

— Aqui oficial! Encontrei! Aqui!

Havia encontrado meu joguinho de letras junto com os papéis onde eu tentara escrever em árabe.

O oficial, esbofeteando meu pai, disse:

— Negro tinhoso, muçulmano do cão!

Ele era acusado de envolvimento com a luta. Um escravo iluminador de rua vira Mala Abubakar saindo de nossa casa.

O oficial arguiu que os papéis e as letrinhas eram utilizados por meu pai para fazer traduções e me introduzir nos conhecimentos islâmicos.

Não havia dúvidas, o negro Amaro, da nação haussá, africano alforriado, era mancomunado com os insurrectos. Foi levado.

Minha avó Ombutchê, arrastando-se pelo chão, voltou para o seu canto, arrumou suas tralhas, deitou-se e disse:

— Exu voltou! Exu voltou! Mama África chama.

Pela manhã estava morta.

Mais de quinhentos acusados foram presos. Entre eles havia nagôs, haussás, mulatos, vários africanos emancipados, tapas, alguns cabindas, crioulos livres, calabares, igebus e mendobis. Quase dois mil revoltosos participaram da luta, entre eles mais de duzentos eram escravos e quase cincoenta mulheres.

Os calabouços ficaram lotados e quem passava pelas ruas ouvia gritos de terror e lamentos.

A denúncia anônima campeava, vários envolvidos foram trazidos para depoimento.

João, negro haussá, tivera dentes extraídos, apavorado, dizia:

— Eu tavu em casa meu sinhô, eu num sei falá nagô, muito mar falu portugueis, que é a língua du meu coração. Um branco intercedeu por ele dizendo:

— É verdade meu sinhô, esse nego é boa gente, é um preto de alma branca e não bole com ninguém. Todo dia é a mesma coisa. Parece até promessa. Ele fica no seu canto, frita peixe e bebe cachaça.

Gaspar da Silva Cunha, nagô alfaiate, preso por ser amigo de Luiz Sanim, por não beber e jamais comer porco; também foram encontradas em sua casa várias túnicas com desenhos árabes.

José Jebu foi denunciado pelos vizinhos como fazedor de mandingas, e de receber de madrugada em sua casa homens que falavam língua estranha.

Thomaz Antonio sofreu denúncia anônima, fora encontrado em sua casa acompanhado por seus parceiros, tentando queimar papéis árabes. Em seu quintal, enterrados, foram encontradas pistolas e rosários árabes.

A noite dos cristais

Conhecido como Dandara, também fora detido Elesbão do Carmo, preto da nação haussá, era secretário entre os revoltosos. Sabia falar em língua nagô e haussá.

Outro acusado pelos vizinhos de receber nagôs em casa era Luiz Djbril, exímio confeccionista de camisas brancas, entre eles chamadas abadás.

Aprisionado também José Aliara, nagô escravo, nome de guerra Ojo, tido como bom orador, fazia pregações nas feiras e colhia patacas para a organização. Seduzia com boa lábia novos adeptos.

Magérrimo, alto e com sinais tribais do povo haussá, Pacífico Licutam era tido como exímio mestre de letras arábicas. Homem respeitado, mesmo na prisão era reverenciado por seus camaradas.

Indiciado também Adão, escravo dos ingleses, vulgo Allei, era apontado como um dos sacerdotes, e doutrinador de neófitos no bairro da Vitória.

Um dos nomes mais citados foi o de Luiz Sanim, africano alforriado, da nação tapa, era mestre de iniciantes e conhecia também a língua dos haussás.

Em nossa rua muitos foram levados; entre eles Ova, negro jejê, que confeccionava gorros e turbantes conhecidos entre eles como filás. Em sua casa foi encontrado grande número de adagas.

Na luta de Água de Meninos, Belchior, negro nagô, fora detido e mesmo torturado se negou a falar.

As listas de presos não se esgotavam, bastava ter o nome ou um apelido islâmico e o infeliz era convidado a dar explicações de sua vida. Gente como Paulo Hibrahim, Jorge Luiz Adam, Mustafá Mamed, João José Yacouba, Said, Godofredo Nabi, Fátima e Mussa. Todos inocentes do ato mas pecadores no nome.

Presos ainda, os negros Dassalu, de codinome Mama, acusado de ser um juiz e Gustados, que atendia pelo nome de Burema, apontado como sendo um imediato dos juízes.

Os depoimentos foram feitos durante vários meses, os prisioneiros eram aviltados, e as mulheres sofriam abusos de toda ordem, dentro dos presídios várias mortes foram dadas como suicídio.

Muitos para safarem-se dos inquéritos e acusações falavam em mau português, estendiam-se em explicações, e criavam enredos mirabolantes.

João Ezequiel, nagô alforriado, diz:

— Eu tavu nu meu canto meu sinhô. Aqueles nego não são da minha religião, sei de nada não, meu sinhô.

João Duarte da Silva, jejê alforriado, argumenta:

— Sô cafumango de navio meu sinhô. Eu tavu di viage. Cheguei das zeuropa e as coisa já tava preta. Moro naquela casa sim sinhô. Mas, incrusive, num sei essa língua não, meu sinhô. Num mi metu quiçu não. Zêle tudu sabi dissu.

Paulo José, jejê escravizado, dizia não saber de nada e que estava na missa no domingo pela manhã:

— Pode preguntá pro vigário, dei inté esmola grande, prá mode d'eu i pru céu, qu' eu já sufri e foi é muito. Sô inucente, meu sinhô!

José Gonçalves, haussá alforriado, disse:

— Eu tavu passano na Rua da Poeira, eu ia pro trabaio, pode preguntá pra meu patrão.

O juiz inqueriu:

— E as túnicas encontradas na sua casa?

— Sei não meu sinhô. São minha não. É do nego Paulo Kaleb, ele fugiu quano as coisa quentou. Num fugi pruque nun devo.

Narciso Pinheiro, escravo haussá, quando inquirido declarou:

— Fui preso na Rua da Oração, eu tavo é só de passage, tenho é raiva desses nego.

Marcelina, negra da nação mundubi, escrava no convento do Desterro, apresentava vários hematomas pelo rosto, diz agoniada:

A noite dos cristais

89

— Meu Gizus Cristin, sei de nada não. Aqueles nego me detesta. Os guarda abusaro di mim. Sei de nada não. Eles diz cadoro pedaçu di pau nu artá. Sei de nada não. Nem nus terreiro fui mais. Ai meu Gizus Cristin.

Virgílio, crioulo forro, era acusado de organizar festins e rituais muçulmanos, negou tudo, dizia que naquela casa os visitantes eram compadres de uma tal Ellena, jejê emancipada. — Eu só alugo um quarto do patrão, mato carneiro pra vendê, não me ajunto com aquele povo não. Ela sim divia sabê.

Ellena foi trazida, tinha o terror nas faces. Seminua, vinha com os peitos à mostra.

— Fala, vadia! Qué que tu sabes?

— Sei de nada não, meu sinhô! Num intendu nagô não, meu sinhô. Vivu du meu trabaio, meu canto dá pra rua, sei de nada não!

— Sabe nada não, né sinhá puta? Quenga velha parideira. Vou lhe dar um refresco... cadela...

O inquisidor chamou um miliciano e ordenou.

— Leva essa rampeira mulambenta pros cabras brincarem...

Este enfiou a mão esquerda por debaixo da bunda da acusada, entre regos, suspendeu; com a outra, agarrou um dos peitos e puxou, exultante.

Humilhada, ela ia na ponta dos pés.

Gaspar da Silva, nagô escravizado, é trazido para depor.

— Fala peste!

— Sei de nada não. Aqueles nego são tudo doido. Gosto deles não. Sô escravo, não era aceito. Quero nada queça gente. Tavu lá não, meu sinhô.

Conforme os interrogatórios se faziam, surgiam novos nomes e locais de encontro. A cada dia um novo fato surgia. O movimento era grande, tinham centros de conluio nas Matas do Urubu em Pirajá. Havia envolvidos de todo o Recôncavo, de Cachoeira e de São Félix.

Em Matatu através de denúncias os milicianos chegaram

a um paiol com grande número de armas e munições. Três negros faziam a guarda, os escravos José Carlos, de nome Mustafá, Geremias, negro haussá, de nome islâmico Mussa; um terceiro conseguiu fugir e embrenhou-se nas matas.

Foram descobertos outros centros em Brotas e nas Matas de Sangradouro. Uma casa em Itapuã guardava pólvora e munição, com a chegada dos milicianos atearam fogo, o que provocou fortíssimas explosões, membros humanos voaram por todos os lados.

Nos depoimentos de meu pai para que ele fizesse leituras trouxeram brochuras e tábuas islâmicas chamadas atôs. Ele confessou então que recebera ensinamentos islâmicos em sua infância e que devido aos longos anos de afastamento, não lembrava de mais nada na temida língua. Dizia também que não era praticante do Islão, e que sua memória já não ajudava mais.

— Você é católico, nego?

— Sou não senhor.

— Esse nego é metido a ler, tá sempre com jornal debaixo do braço. Na casa dele tinha dois livros. Não sei porque estas pestes se metem com leituras.

Um cutucão. — Leia macaco!

Meu pai num esforço de memória, tentava traduzir trechos dos escritos, lia alguns fragmentos, subia, voltava e repetia palavras soltas de versículos:

> *... oh misericordioso... oh clemente... oh misericordioso... oh clemente... só a ti adoramos... oh misericordioso... no dia... do... juízo... es... está... detrás deles... sua... sua ciência... seu trono... em... em nome... de Deus... salve... nem... nem sono...*

Pressionado pelas autoridades que ansiavam pela identidade de novos revoltosos, cada vez mais sua tentativa de leitura se fragmentava.

Tinha contra si a visita noturna de Mala Abubakar, men-

A noite dos cristais

tor da tentativa de revolta. A sua não habilidade nas leituras das tábuas sagradas foi interpretada como maliciosa, e como tática para safar-se dos inquéritos e processos. Foi levado para o calabouço.

Foi trazido em seu lugar um preto de nome Albino, escravo de um advogado, que sabia ler e escrever na complicada língua arabesca e não estava envolvido com os insurrectos. Sob juramento e na presença das autoridades leu mais detidamente os atôs:

> *... do mal tentador furtivo*
> *que sopra no peito dos homens...*
> *... deveras já chegou a vós*
> *um enviado de entre vós...*
> *... livro explícito e ele*
> *tem as chaves do ocultado,*
> *ninguém as conhece...*

Deu informações sobre costumes e modos islâmicos, falou das orações e da fé.

Existiam os limanos, espécie de bispos; os ladames, seus secretários; e os alufás que eram sacerdotes e havia ainda os sagabamos, que eram imediatos dos juízes, os alikalis.

A suma era o batismo de aceitação e todo iniciado fazia a kola, uma circuncisão. As preces ou kissiuns eram feitas pelos Assivajus ou mestres de cerimônias e as tintas das tábuas eram feitas de arroz queimado.

Para não despertar suspeitas as orações eram sempre feitas em locais diferentes, pela manhã, ao meio-dia, à tarde e ao anoitecer. O que eles chamavam de acubá, ai-lá, ay-á e alimangariba, respectivamente.

Começam as execuções e castigos. Os líderes do movimento tinham penas variadas; no grau máximo a morte; no grau médio, galés em perpétua, e no grau mínimo quinze anos de galés.

Todos os mestres e professores de letras árabes foram condenados. Os corretivos eram aplicados em praça pública para exemplar os demais. Inauguraram um patíbulo na Rua da Forca e pelourinhos extras em Água de Meninos, no Campo Grande e no Campo da Pólvora.

As penas foram cumpridas à risca.

Onofre, Narciso, Fernando, Cipriano, Tito e Adriano foram para as galés em perpétua. No dia dois de março Belchior, Gaspar, Jorge da Cruz Barbosa, Luiz Sanim e Anna Maria nagô enfrentaram a forca.

Damiana, Rosa, Thereza, Luiza, Felipa, Isidora, Thomázia e Justina foram condenadas à galé, as outras envolvidas trezentas chicotadas cada uma.

Elesbão do Carmo, José Nagô, José Jebu e Francisco Nagô, quinhentas chicotadas cada. Pacifico Licutam, mil; José Congo, seiscentas, Thomaz Antônio, setecentas.

Fuzilados: Carlos, Martinho e Manoel. Em seguida, Dassalu, Nicobé e Gustados.

Houve pressão diplomática dos políticos e comerciantes ingleses estabelecidos na Bahia no bairro da Vitória. Seus escravos envolvidos na luta com exceção de Mellor Russel foram poupados de maiores castigos e banidos do país.

Stuart, Clegg, Abraham e John Foster foram para as Guianas Inglesas; a outra metade, William Bem, James Rides, Shind e Lins foram para Barbados.

Para não morrerem no cumprimento da pena, os suplícios eram de cincoenta golpes por dia, acompanhados por um médico, um escrivão e quatro funcionários graduados. Muitos supliciados morriam em convulsões de tétano.

Ouvia-se nas praças da Bahia:

— Arreio, Mão de Onça!... tlá... tlá... tlá...

No dia três de março um Decreto era publicado em jornal:

... fazer sair do território brasileiro todos os

africanos libertos perigosos para nossa tranquilidade. Tais indivíduos, não tendo nascido no Brasil, possuem uma língua, uma religião e costumes diferentes e tendo se mostrado inimigos de nossa tranquilidade durante os últimos acontecimentos, não devem gozar das garantias oferecidas pela constituição unicamente aos cidadãos brasileiros...

Naquele mesmo mês, a goeleta Ninrod, financiada pelo governo inglês, zarpou para a África, levando os muçulmanos da Bahia, perigosos à tranquilidade pública.

Para indenizar o Império por perdas e danos fui resgatado como escravo e vendido junto com outros escravizados para os engenhos de Pernambuco.

Meus pais partiram para a África; já no cais acenando senti o tilintar das correntes. Iniciava-se uma nova fase em minha vida.

Pela primeira vez senti o peso da palavra escravidão.

Fomos a uma boate bem no centro da cidade na Praça das Palmeiras, onde o que mais me chamou a atenção foram as gigantescas árvores com mais de quarenta metros de altura.

Na entrada animados grupos conversavam em variadas línguas. Eram franceses, nativos de origem africana, índios e brasileiros de todos os quadrantes. Pela primeira vez na vida ouvi a língua crioula, criada a partir de línguas indígenas, africanas e francês, creio que para uma convivência defensiva.

Entramos, tocava reggae, Michael conhecia muita gente, me apresentou a algumas pessoas e me deixou conversando com um rapaz.

Evandro era formado em matemática e trabalhara como professor em Belém. Desanimou por conta do irrisório salário e da falta de perspectivas. Viajou até Oiapoque e foi trabalhar em Caiena na construção civil, assegurou:

— Não volto tão cedo, aqui ganho mil e quinhentos dólares por mês, nunca ganharia isso lá.

Disse que gostava muito mais do magistério, mas que a realidade não permitia que continuasse.

Falei sobre mim e do meu trabalho, ele disse:

— Rapaz, aqui você pode se dar bem. As madames te pagariam sem reclamar.

Propunha que eu ficasse e que trabalhasse dando aulas de português para as madames locais que iam fazer compras no Brasil ou aulas de francês para os trabalhadores brasileiros desembarcados ilegalmente.

Pensei: meu salário no Brasil como professor era pouco mais de cem dólares, lá eu ganharia vinte vezes mais, confesso que me senti tentado.

Evandro apresentou-me Louise. Vinha da Universidade de Paris fazer uma pesquisa para a sua tese de mestrado, falaria sobre as relações sociais estabelecidas entre as diversas etnias que ali conviviam. Conversava com todos e ia a muitos lugares tentando recolher dados para o seu trabalho.

Falei sobre os manuscritos que encontrara, ela mostrou-se interessada e marcamos um encontro para o dia seguinte.

Fomos dançar.

Saímos com uma tropa que ia fazer negócios em Recife. Era uma coluna com mais de cincoenta mulas carregadas. Vários homens montados e municiados, guiados por dois caboclos batedores, exímios conhecedores dos sertões e caminhos.

Nossa cambada era formada de pelo menos uns quarenta escravos acorrentados aos pares, íamos no centro da coluna para evitar tentativas de fuga.

Após vários dias de marcha, já dentro da província das Alagoas, num pé de serra medonho, num subidão em curva que desembocava num rio, fomos emboscados por uma nuvem de quilombolas e índios.

Intrépidos e conhecedores do sítio, corriam e saíam de todos os lados, choveram sobre nós com tiros e flechadas.

Apavorado, puxei o menino que fazia parelha comigo e nos deitamos colados ao bucho de um cavalo varado de balas.

Após muita luta eles foram rechaçados.

Resultado; perderam-se oito mulas com munição e mantimentos, os dois batedores degolados, quatro parelhas de escravos que fugiram, cinco cavalos roubados, dois índios mortos, dois escravos feridos gravemente e abandonados no caminho, e um quilombola baleado, que foi sumariamente executado.

No outro dia, já na província de Pernambuco, chegamos a um lugarejo chamado Serinhaém.

Feitas as negociações e os reparos necessários, a tropa já reduzida seguiu seu caminho para Recife. Fiquei ali junto com outros escravizados.

Nunca vira tanta cana na minha vida, era um mar delas.

A partir daquele momento eu era propriedade de um senhor rico da família Fontes e Fontes estabelecido em Recife.

A casa grande ficava na entrada ladeada à direita por um pomar. Debaixo das frondosas jaqueiras havia uma capelinha que abria de vez em quando. Em frente havia uma ampla área livre que os escravos chamavam de esplanada do engenho.

Descendo-se e pegando um caminho à direita, encontrava-se a casa de moagem e o canavial. Mais abaixo e aos fundos, viam-se dois imensos casarões construídos de comprido, as sanzalas. Nas laterais delas havia pequenas hortas. Mais para a direita e pouco mais recuada uma reunião de seis pobres casebres ostentava o título de vila. Por trás das sanzalas os currais, um grande chiqueiro, um galinheiro bem fornido e uma estrebaria para os cavalos.

Ao lado da estrebaria e por trás da vilinha ficava o pomar dos escravos e um caminho que dava no Rio Jaguaré, patrono do local. Fora isto, tudo o que a vista alcançava era cana e mata brava.

Tive que me adaptar rapidamente ao trabalho extenuante. Homens e mulheres, velhos e crianças, todos, indistintamente, trabalhávamos de sol a sol.

Todas as manhãs um sino belendava chamando os escravos ao trabalho. Saíamos das sanzalas extremunhados e ainda fatigados do dia anterior.

Como há três séculos, todas as manhãs, fazíamos filas para a contagem em frente à esplanada, sempre ladeados por zelosos capatazes. Qualquer um poderia fugir na escuridão.

Depois rezávamos para ter um grande dia de trabalho — todos os dias eram um grande dia de trabalho — tomávamos a bênção ao administrador, e finalmente, cada um com sua ferramenta marchava, surda e lentamente em direção à plantação.

Às dez horas, as negras da cozinha chegavam trazendo grandes caldeirões com angu de preto, bananas e enormes bules de café.

Após a refeição, retornávamos ao trabalho até o pôr do sol.

No fim do dia, voltando para casa, alguns ainda trabalhavam em suas hortas. Outros plantavam ervas para curar os doentes e fazer oferendas às divindades, principalmente para Exu matar com as próprias mãos o patrão. Muitos entoavam tristes canções e vários banzavam pelo terreiro com um sorriso louco nos lábios.

À noite nos deitávamos cabeça com pés, amarrados pelos tornozelos a uma grossa corrente que corria de ponta a ponta do casarão. De noite eu chorava.

Uma madrugada veio um dos feitores, um tal Zeca Piranha, me chutou e disse:

— Chega pra lá mico preto!

A noite dos cristais

Desceu as calças e foi recebido no meio de coxas que se abriam arrastando correntes. Pude ouvir:

— Painho não vai te batê mais não, fica boazinha cum' eu qui vô ti dá um rolójo. Visse? Santinha...

Estava ali há um ano e não pensava em fazer outra coisa, fugir. Em noite de moagem, quando fazíamos serão, me enfiei pelo canavial, sai lanhando a pele, e atravessei o engenho vizinho até sair em uma estrada.

Era noite de lua e os caminhos estavam claros.

Corri feito um desesperado rumo a qualquer lugar. De manhãzinha, estava cansado e faminto e deparei com uma enorme jaqueira carregada. Entrei no mato, apanhei uma longa vara e fui derrubar um fruto. Quando estava no meu empenho, ouvi urros bem próximos. Subi rapidamente na árvore, em seguida, já no meu faro, uma enorme onça preta de garras afiadíssimas tentava escalar o tronco para se servir da minha pessoa.

Com a vara dei-lhe cutucões pelas ventas e a bicha ruim desistiu da empreitada. Ficou por ali rodeando com sua sanha para ver no que dava.

Ficamos naquele deixa disso por mais de uma hora, ela não subia, e eu, claro, não descia.

De repente ouvi latidos e um galope que se aproximavam, dei graças a Deus.

Dois cães cercaram a bicha e a briga foi medonha. Ela conseguiu agarrar um deles que passou maus bocados. Pá. Pá. Pá — tiros. A danada saltou no ar e estatelou-se largada.

Era um capitão do mato, um tipo caburé de cabelos longos, descalço com um grande chapéu de abas e que portava pistolas, um fuzil ainda fumegante e munição cruzada nos peitos.

Encarou-me e grunhiu:

— Desça não! Desça não, nego fujão, que te queimo.

Logicamente obedeci.

Arrastou a fera para debaixo da árvore, experimentou

"Era um capitão do mato,
um tipo caburé de cabelos longos..."

o corte da faca na sola do pé, e meticulosamente, para não estragar, esfolou a danada.

Depois foi ver o cão que gemia vitimado pela onça, e que estava com os quartos caídos. Fez o sinal da cruz, mirou a cabeça e disparou.

Ordenou que eu descesse, amarrou minhas mãos, e me arrastou de volta.

Fui levado para a cadeia de Serinhaém e metido na cafua. No dia seguinte o feitor do engenho estava lá. Pagou as despesas da acomodação e o prêmio ao capitão.

Olhou para mim com ódio e assegurou:

— Em casa nóis cunversa.

Quando cheguei já estava tudo preparado. Reuniram a escravatura na esplanada e fui colocado no tronco.

O algoz, um tal Taturana, era cabra ruim com fama de mau, diziam que dava nos pretos só pra se rir das caretas. Só escutei o berro:

— Arreio, Taturana!... Tlá... Tlá... Tlá...

Contei até a vigésima, depois não vi mais nada.

Urros. Jogaram salmoura em minhas costas. Eu nunca havia apanhado, aquela fora a primeira pisa na minha vida.

Naquela noite sonhei que era uma gazela vermelha e que corria pelas savanas até um rio. Quando bebia, vi refletidas na água as imagens dos tangosmãos. Um preto que bebia e ria e o outro, estranho homem com barbas douradas de sol.

Passei a andar com uma canga no pescoço e arrastando uma bola de ferro.

Eu tinha muito receio de extraviar os manuscritos, separei alguns deles, coloquei-os numa pasta e fui encontrar-me com Louise na praça das Palmeiras. De lá fomos para um bar na Praia de Montjoli a sete quilômetros do centro.

Como ela não lia português, eu ia fazendo traduções e dando explicações sobre alguns trechos.

Perguntou-me — O que você pretende fazer com os papéis?

— Não sei exatamente, mas penso que eles poderiam ajudar a estabelecer uma pista sobre negros brasileiros que fugiam do norte do país em direção às Guianas. Eu disse que aquelas informações no Brasil eram muito restritas.

Ela disse que talvez existisse alguma informação sobre o assunto nos arquivos franceses do período de ocupação e colonização da Guiana.

Sobre os diversos nomes de povos africanos perguntou-me:

— Qual a sua origem africana?

Disse que não sabia se era haussá, congolês, nagô ou cabinda. E que no Brasil e penso que a não ser na África, em países de população negra, essa ideia de origem étnica tenha se diluído.

Conversamos mais sobre vários assuntos e nos veríamos no outro dia, saí dali pensando:

E o Celso seria um nagô? E o José Carlos, moçambicano ou jejê? E o Alex, ijexá ou benguela, não sei. Seria possível saber?

E mais, eu poderia ter como ascendentes quilombolas que vieram fugidos de Palmares. Serinhaém é ao sul de Pernambuco divisa com Alagoas e estava na área de influência do quilombo.

Pensei ainda: meu bisavô Manoel Santana fora um mestre de açúcar na usina Jaguaré, onde nasceu minha mãe, o mesmo lugar que era apenas um engenho à época de Gonçalo Santanna. Ora, nosso nome de família é Santana, então, ele não poderia ser um nosso antepassado?

A noite dos cristais

Uma escrava velha e fanha de nome Antonina era a rezadeira e parteira do lugar. Todas as noites entrava pela sanzala e colocava sobre as feridas das minhas costas emolientes feitos com a casca de pé de caju. Sussurrava palavras mágicas, benzia as feridas e dizia ao sair:

— Fé em Deos meu fio, fé em Deos.

Todas as noites chamava por Omolú, mas ele nunca veio, eu chorava.

Conhecedora de rezas e benzeções, Antonina cuidava de todos; para reumatismo e dor nas juntas, bastava chá de capeba e pronto. Tirava espinhela caída, nó nas tripas, dor nos quartos, eczemas, chiadeiras de peito, furuncos, quebrantes, dor de filho e outros males.

Para doença do mundo tinha remédio certo, chá de papaconha com cabeça de nego, o que era um excelente purgativo para limpar o sangue. O candidato tomava a beberagem e ouvia avexado:

— Vá s'imbora, vá s'imbora e Deos lhi dê juízo.

Na falta de doentes, preparava poções e rezava com palavras de encantamento capazes de unir desafetos, tirar mau-olhado e trazer de volta braços seduzidos por outras.

Quando tinha mulher ganhando menino, não havia dúvida, diziam:

— Vá correno chamá cumadi Antunina.

Logo depois chegava ela, trazia sempre óleo de amêndoas e cebolas brancas. Pedia uma pura, e dizia:

— Deos seja lovado Nosso Sinhô Gizus Quistu.

Entrava no canto da parturiente, fechava a cortina esgarçada, e só ouvíamos sua voz novamente, quando dizia:

— Lovado seja Nosso Sinhô Gisus Quisto. É mininu macho!

Ia até a mata, enterrava o umbigo, pedia licença aos guias caboclos, e colhia florzinhas de liamba. Juntava com a flor da maça de algodão e fervia tudo junto. Esfriava e dava à mamãe golinhos misturados com cachaça...

— É bom pas cólica di menino e põe o utro nu lugá, asseverava a douta.

Vivia no engenho um africano com marcas tribais nos braços e nas costas. Não sabia português, falava num dialeto africano ali totalmente desconhecido. Era um homem enorme e vivia sentado debaixo das jaqueiras com grossas correntes e bolas de ferro amarradas pelas canelas; passava todo o tempo assim sem trabalhar e sem poder sair. Durante o dia as negras da cozinha traziam para ele caldeirões de angu de caroço fervidos com aruá, um tipo de crustáceo afrodisíaco e com grandes ossos de mãos de vaca de onde sugava ruidosamente o tutano.

Às vezes se enrodilhava pelo chão como uma coisa e tirava sua sesta do almoço.

Fora isso passava o tempo alisando seu grande membro de dilatadas proporções, e dando tapinhas na glande avermelhada, o que era motivo de chacotas para todos.

Ninguém sabia seu verdadeiro nome, era conhecido por pai de nós todos. Ele era um preto reprodutor, o que lhe dava direito àquela vida momesca, recebendo tratamento de porco cachaço. Para que se distraísse, de noite lhe entregavam alguma escrava já abusada. Ouvíamos sempre o arrastar de correntes, sussurros e gemidos.

No engenho era usado para bater nos cavalos um chicote curto chamado buranhém. O nome Serinhaém seria originário de algum instrumento para bater em escravos? Deitado na escuridão da sanzala eu burilava:

— Buranhém, Serinhaém,
nhem nhem, nhem nhem.

Aos domingos tínhamos o dia livre e cada um se virava do jeito que podia.

Logo pela manhã, as moças batiam em panelas de bar-

A noite dos cristais

ro a casca do pé de mutamba colhida na véspera, passavam nos cabelos aquele molho baboso, e só tiravam no banho da tarde no Rio Jaguaré. Os negros ficavam contentes de vê-las com aquele luxo todo nos cabelos; artes para arrumar um cambondo novo e se acabar com ele na pouca vergonha.

Eu ia sempre num dos casebres da vila à procura do velho escravizado chamado tio Rufino, querido de todos e um dos mais antigos do lugar.

Falava na sua língua de preto:

— Eu vinho praqui murequinho.

Saíamos para pescar no Rio Serinhaém e quando passávamos no Rio Jaguaré, infalivelmente, encontrávamos a nega Sabela, sempre de barrela na mão, batendo as roupas de cama e as rendas finas da casa grande.

De longe eu gritava:

— Sua bença Sabela.

Ao que ela respondia alto e rapidamente:

— Deus te bençoe meu fio, boa fuituna.

Entrávamos pela mata, abríamos um melão bem amarelo, jogávamos as iscas e ficávamos aguardando. No meio do rio passavam as barcaças descendo para o Recife, carregadas com fardos de açúcar cristal e mascavo. Acenávamos para os trabalhadores, eu me lembrava de meus pais, chorava com soluços e chutava pedras.

Tio Rufino, me vendo daquele jeito, dizia:

— Num leva ódio nu teu coração.

Depois só para me distrair e passar o tempo, contava suas histórias de orôs, aparições e quibungos, homens-animais:

— Eu vinho praqui murequinho e num possu misquecê. Nóis ia na mata... lembrava o tempo de sua meninice.

— Ucê num viu nada, antanhu era fartura. E repetia exagerando as proezas do tempo em que entrava no rio até as locas e pegava de mão; jundiá, sarapó, piaba, camarão, cascudo, inté traíra.

— Oia mininu tinha e era muitho. Ucê neguin, ucê num

viu nada... e falava da fartura nas matas, tanta fruta que apodrecia no chão... — Às veis levava inté o gado, tantu qui tinha; cajá, sapoti, mangaba, gogoia e oiti-coró.

Eu pedia:

— Conta história de alma de outro mundo? Eram sempre as mesmas, ligeiramente modificadas aqui e ali, sempre com um fulano diferente, neste ou naquele engenho.

Contava que no engenho, no tempo da sua mocidade, morava um sujeito amigado com uma dona.

Esse homem todo dia que chegava do eito ouvia reclamações da companheira contra o seu pai.

Saía, armava-se de um sarrafo e distribuía pauladas pelas costas do velho. Foram muitos anos nesse costume.

Um dia o velho já decrépito sentenciou:

— Quando eu morrê ocê me carrega na cacunda, cachorro!

Algum tempo depois o velho morre... As criações começaram a sumir. Acharam um bezerro comido no meio da mata e de noite as galinhas e os bichos se alvoroçavam.

— Tá correno bicho! E todo mundo ficou de olho pra ver se pegava o quibungo.

Naquele dia tio Rufino pescava debaixo da ponte e quando viu foi o galope da coisa parando no meio do caminho.

— Iscunjuro, num gosto nem de ma lembrá.

Tio Rufino subiu a ribanceira e viu:

— Ti juro puresta luz que me alumia.

Era o tal do Buzuntão, a coisa fungava, babava, tinha o corpo de porco e era feio como o cão.

— Vichi Nossa Sinhora!

Viu o velho Anastácio morto, carregado nas costas pela coisa, que corria e pinoteava tentando livrar-se do peso.

Tio Rufino jurava que era verdade, eu poderia perguntar pra todo mundo. Mormente pru carrero Sivirino gago, que tomô um carrerão da coisa.

Ninguém ali era doido de passar no Engenho Ubaquinha,

A noite dos cristais

105

tava de fogo morto, lugar assombrado e cheio de coisa ruim. Diz que o proprietário fora um homem muito mau conhecido como Sinhozinho da aldeia. Era tão gordo que tinha os peitos caídos como mulher e gostava de bulir com os rapazes.

— Os preto ali sofrero i muitho.

Diz que ele tinha parte com o demo e que na época da colheita pagava a grande produção com a alma de um preto.

Escolhia uma vítima, geralmente um rapaz que já dormira com ele, e mandava os feitores amarrarem o eleito com correntes.

A vítima começava com choros, implorando; depois se debatia, se arrastava, e quando se via perdida e sem quem lhe valesse, clamava por toda a corte de Exú, que é contra o homem: — Eleguá... Elegbará... Egbá... cão.

Sinhozinho da aldeia gozava com o sofrimento da vítima, dava gritinhos e gargalhadas frente ao desesperado. Depois ia ver de perto o coitado ser comido pelos jacarés do açude.

Começou a definhar e definhar e acabou seco como um palito. Dizem que foi veneno ou magia dos escravos.

— Pur Deus du céu, pregunta a Zé Ferreira, u carpinteru que feiz u ataúde.

O féretro seguia silencioso para o campo santo carregado por seis escravos. Diz que quando chegou no pé da cova e que abriram para a derradeira olhada; dentro do esquife só havia um toco preto soltando fumacinhas com catinga de enxofre. A debandada foi geral, não ficou nem o vigário. Dali pra frente tudo se acabou, os escravos desandaram, o mato tomou conta de tudo e o engenho está lá, todo distinhorado.

No fim da tarde eu voltava pra casa, com o samburá cheio de peixes pra salgar e o meu ser menos angustiado.

De noite fazíamos rodas de batuque, animadas por urucungos e xequerês. As rodas se abriam em cantos:

> *Sai azá!*
> *Vô mi benzê*

106   Luís Fulano de Tal

Vô à casa do feitiçero
Vô fazê
Meu canjerê

As mulheres dançavam freneticamente balançando as ancas pretas, lascivas, enfeitiçando os já encharcados de suor e marafo.

Depois, procurando entre os canaviais, viam-se bundas pretas subindo e descendo violentamente.

Havia muitas festas populares; no São João o povo se acabava no terreiro dançando cirandas de roda e côco sapateado, embalados pela harmônica de um cego, triângulos e reco-recos.

A gente fazia fogueira e assava milho na brasa, a comida era muita; batata doce, macaxeira, mungunzá com leite de côco, canjica de milho ralado, bolo de pé de moleque feito de mandioca mole, castanha de caju, cravo da índia, açúcar e uma xícara de café escuro. Findava com buchada de bode, com fogos de artifício, e com muita cachaça.

Nos juntávamos à volta da fogueira e Dona Sebastiana, escrava da terra, contava suas histórias: Numa noite de São João houve uma dança na casa do preto Zé Amaro, a função era muita e o rala bucho foi até de madrugada.

Dona Sebastiana voltou antes de terminar a dança, cortando caminhos por quiçaças e passando perto das ruínas dos conventos. Chegou em casa e deitou-se.

Acordou mais tarde com a luz do candeeiro acesa e com barulho de alguém que abanava o fogão de lenha e mexia nas panelas.

— Num saí di meu canto, qu'eu num era besta.

Agarrou-se ao terço e começou a orar, de repente, a cortina de seu quarto se abriu lentamente.

— Ave Maria! Crê em Deus Pai! Vichi Nossa Sinhora! Dá inté arrupio de falá.

A noite dos cristais

Era um padre sem cabeça com um prato na mão, sobra do jantar, e que oferecia:

— Qué bacalhau? Qué bacalhau?

Contava também a história da água que se abriu feito o mar bíblico. Houve uma missa onde estava todo o povo do lugar, pagando promessas e fazendo penitências.

Sem ninguém saber como, a água do rio se mexeu e abriu um buraco de onde saiu uma imensidão de serpente com um ventre volumoso e se arrastou pesadamente para a igreja.

Foi um corre-corre danado.

— Não tenham medo, aqui é casa de Deus. Disse o bispo, aspergindo água benta na monstruosidade que se contorcia.

A criatura rastejante adentrou e parou aos pés de uma jovem, então, abriu uma imensa bocarra e começou a regurgitar, regurgitar, até que de suas entranhas surge um bebê já disforme, todo envolvido em muco, e diz para aquela mulher — Mamãe, mamãe!

Foi descoberto o crime.

De seis a quinze de Janeiro, comemorávamos a festa de Santo Amaro de Serinhaém. A festança era muita na barra de Serinhaém, vinha gente de todo lugar, do engenho Curupati, do engenho Pontal, do engenho Camaragibe, Ubaca e de mais longe ainda.

Quem tinha calçados vinha de pé no chão com as botinas penduradas no pescoço. Quando chegava perto da festa, lavava os pés em algum córrego, botava aquilo e entrava orgulhoso na vila, mancando e disfarçando um sorriso nos lábios. Acabada a festa, tiravam o sofrimento dos pés e retornavam aliviados e sorridentes pelos caminhos. Ao chegar em casa, limpavam e guardavam os tormentos nas caixas para o ano seguinte.

O bispo vinha no lugar rezar missa, abençoar quem já vivia no pecado da carne e batizar os nascidos.

O ponto alto da festa era a queima do mato que crescera em volta da igreja desde a última vez.

Cada um tomava seus quiçás e cacumbus, restos de enxadas e, prazeirosamente, pegavam no eito sagrado. Tinha gente que brigava para ter uma tarefa maior.

Depois da missa, juntava-se todo o mato do lugar, tocavam fogo, e o bispo abençoava as cinzas que as mulheres colhiam na barra das saias e jogavam entre as plantações para que crescessem férteis. Outras, mais ortodoxas, levavam as cinzas para casa, e colocavam atrás da porta ou dentro de colchões e travesseiros.

A festa mais esperada do ano era a de Natal. Na véspera as pretas da cozinha não dormiam, preparando paneladas de corredor de boi e buchada de vaca.

Armava-se na esplanada da usina um carcomido carrossel de cavalinhos coloridos, botavam dois pretos pra fazer girar a engenhoca e a fila dos que aguardavam a vez dobrava.

De noite tinha muita dança e os escravos gostavam dos congos de Natal e Reisados. Vinha um rei e três rainhas pretas e à noite toda era neste canto:

Mumbica, Mombaça, Rei meu sinhô!
Abençam de Zamuripunga
Que no céu te ponha já,
Amulá, Amulequê
Amulequê, Amulá

Eu já estava no engenho há sete anos e continuava a ter uma ideia fixa, fugir.

Como eu sabia ler e escrever, saí do eito e fui trabalhar como apontador e ajudante do mestre de açúcar.

O administrador do engenho, Gastão Pinto Ferro, era um homem branco, tinha os dentes nodosos e com manchas pretas e estava sempre de barbas por fazer. Diariamente eu entregava-lhe em seu gabinete as anotações do dia; tantas sacas de açúcar cristal, tantas de açúcar mascavo ou de algodão, dados que ele colhia nas suas fichas. Passava o tempo desenhando garatujas em ensaios para o futuro, quando assinaria petições e processos.

Depois abria um vasto sorriso e confessava suas fraquezas... gosto de ir no curral, gosto de ver as negrinhas de saias nos joelhos, de cócoras, apertando as tetas das vacas, tirando o leite para o mungunzá e os doces. Me excita a visão, mais o cheiro de estrume morno que paira no ar. Quase tenho gozos, quando uma vaca parida arreganha as pernas para o bezerro mamar, e ao mesmo tempo, aquela enorme cloaca avermelhada, derrama estrume esfumaçante, e depois, com leves contrações contínuas, fica num abrir e fechar, convidativa, como um grande olho que pisca.

Atirava-se sobre a negrinha esparramando o balde de leite, ambos tombavam sob as patas do animal, e ali mesmo, sentindo o bafo quente do bezerro em sua bunda peluda, agarrava sôfrego, e sugava com violência os duros peitos pretos, satisfazendo seus desejos.

— As que não se submetem, mais me excitam; na desgranheira da luta, encho-lhes a cara de porradas, e depois, em êxtase, quase louco, beijo os beiços feridos e os olhos arroxeados, sussurro-lhes ao ouvido: ... ah... desculpa... desculpa... ah... que gostoso... ai... Ria.

Dizia que sua estadia ali era temporária, sonhava em mudar-se pro Recife, estudaria Direito, casaria com a filha do patrão, abriria escritório na Rua da Aurora e ficaria rico.

Vários mulatinhos ali tinham a sua cara.

Um padre que visitava o engenho de quando em quando influenciou o administrador para que abrisse uma escolinha para pretos. Como eu era o único alfabetizado, passei a exercer a função de professor de africanos.

A turma era pequena, formada por pretos que falavam cassanje, o português alquebrado do povo, por africanos recém-desembarcados, que precisavam falar a língua, e por alguns meninos empurrados pelas mães.

Aquilo tudo me dava um imenso prazer, eu começara novamente a manusear livros.

Eu fazia aquilo que o professor José Roberto fizera comigo e no resto trabalhava por intuição. Colocava no pequeno quadro as sílabas, la, le, li... ta, te, ti..., e pedia aos aprendizes que tentassem formar palavras conhecidas a partir delas:

— Luta, fessôr.

Estávamos na lição do ra, re, ri..., e escrevi a palavra rei. Um aluno indignado perguntou:

— Professô, in cuma é que rei, uma coisa tão impoitante, tem esquita tão piquininha?

Respondi: — É...

A partir de então, comecei a ter algumas regalias e pude construir uma palhoça na vilinha ao lado de tio Rufino. Por isso arrumei algumas inimizades e ouvi de um escravo:

— Eita nego mitido, tá pensano qui é gente, é? Puique num si põe nu seu lugá, heim? Coisa.

Uma escrava da cozinha de nome Stefânia se enamorou da minha pessoa. Através dela tive conhecimento das mulheres. Sempre que podia de noite vinha enroscar-se comigo.

Nas noites que passávamos juntos na febre do desejo ela dizia:

— Meu amigo, quero ter um filho teu. Eu recordava de meu pai e dizia: — Não vou ter filhos enquanto for escravo, meus filhos nunca serão escravizados!

— Então você nunca vai ter filhos.

— Se for pra ter filhos escravos, nunca terei filhos — e acrescentei: — Um dia terei filhos, mas eles não serão escravos.

Ela me abraçava beijando e dizia:

— Você é meu, meu. Fui eu que achei você. Agora você é meu e de mais ninguém.

— Não, não sou seu, não sou de ninguém. Ninguém é dono de ninguém. Ela xingava, me dava tapas, dizia que eu era insensível e sem coração, depois virava-se para o canto emburrada.

Louise convidou-me para que eu fosse com ela andar pelos lugares, fazendo suas pesquisas e conversando com os nativos. Talvez eu pudesse encontrar alguma pista dos brasileiros que no passado ajudaram a construir o lugar.

Conheci Saint Laurent du Maroni, na ilha Royal; Saint Jean, na ilha Saint Josef; Île du Salut, na ilha do Diabo e Cacao, uma cidade de refugiados do Laos.

Eu prestava atenção a cada detalhe, esperando encontrar qualquer pista ou marca de Gonçalo, que auxiliara na construção daqueles presídios há mais de um século.

Ficamos três dias em uma pequena vila construída às margens do rio Conté. Conversávamos com as pessoas do lugar e em cada rosto eu procurava traços imaginários de Gonçalo. De noite nos dávamos.

— Você já havia feito amor com uma branca?

— Sim, já.

— E qual a diferença?

— É que vocês têm o cabelo liso.

Perguntei o mesmo. Disse que não, que tinha desejos, mas as convenções não permitiam.

— E também porque negro tem fama de ter o sexo muito grande.

— Agora você já sabe que não!

Rimos. Voltamos.

Cheguei na pensão e soube que quatro homens haviam me procurado, não disseram quem eram ou se voltariam.

Fiquei preocupado, pois não conhecia ninguém em Caiena. Dei de ombros e subi para o quarto.

Estava tentando reproduzir o trecho árabe dos manuscritos. Peguei uma fina folha de papel e fiz uma cola, depois fiquei tentando reescrever, por várias vezes: Bissimilai... Bissimilai... Bissimilai...

De noite saí para encontrar Louise, más notícias: Ela era filha de Henry Marcel, diretor técnico da base de Kourou e que sabia do envolvimento da filha comigo. Ele havia comentado que era vergonhoso para ela, uma francesa, envolver-se com um negro do terceiro mundo e que aquilo não lhe ficava bem, nem para as famílias francesas que viviam em Caiena.

— E o que você acha, perguntei:

— Vamos dar um tempo, depois te procuro.

Voltei para a pensão.

Os negros fugidos se organizavam em quilombos. Havia vários deles em toda a região; em Porto Calvo, Una, nas matas de Serinhaém, Ipojuca, São Miguel, Palmares...

Afoitos, faziam excursões noturnas pelos engenhos, onde raptavam mulheres e conseguiam víveres com alguns negros das sanzalas que lhes eram solidários.

Uma noite, quando voltava das necessidades, esbarrei-me com um deles. Estabelecemos contatos e uma vez por semana, em noite aprazada, nos encontrávamos por trás dos currais. Eu lhe levava o tanto de açúcar que pudesse esconder.

Chamava-se Zeferino, negro fujão, e se dizia disposto a morrer no mato presa de onça, ou varado de balas por um capitão do mato; tudo seria melhor que a escravidão.

A partir daí começamos a planejar minha tão desejada fuga.

Seria em dia de festa e noite sem luar, era necessário um cavalo, uma arma e mantimentos. Organizei tudo com discrição absoluta.

Na véspera me levantei contente como quem viu passa-

A noite dos cristais

113

rinho verde, fui até um juá, raspei o tronco, e com o pó areei os dentes. Tomei um café e, pela primeira vez na vida, fumei um cigarro.

Com lágrimas me despedi de tio Rufino e de mais ninguém, ele me disse:

— Vai mizifio, vai qui ucê é novu! Tirou de si e me deu um colar de contas, que trago até hoje cruzado nos peitos.

Em noite de São João, na hora aprazada, quando todos dançavam ciranda de roda, parti para sempre.

Dez anos de minha vida ficaram ali.

Fomos bater no cais do Recife, andamos por lá e travamos conhecimento com contrabandistas que estavam de viagem rumo a Belém. Pediram quase todo o dinheiro que eu tinha economizado em dez longos anos de trabalho, aceitei prontamente. Embarcamos e zarpamos com eles na maré baixa.

Entramos pelas bocas do Pará e desembarcamos em Belém.

Na viagem conseguimos roupas e andávamos pelas ruas do lugar com ares de negros forros. Era uma cidade tão preta quanto a Bahia e acredito que naquela multidão, vários eram fugitivos.

Perambulamos pelo porto sem saber exatamente onde ir. Nas docas fizemos contato com um negro também fugitivo, de nome Raimundo dos Remédios, ex-escravo de um médico em São Luiz do Maranhão, que cansado de apanhar por nada, resolveu pôr o pé no mundo. Entre uma conversa e outra disse:

— Há uma terra mais ao norte, contornando a costa, onde os homens não são mais escravizados por terem a pele preta.

Eu nem sabia onde era aquele lugar, mas era pra lá que eu ia, nem que fosse no fim do mundo.

Juntamos nossos cobres e compramos de um velho pescador um barco já carcomido com lugar para quatro pessoas. Reservamos água, carne-seca e algumas frutas.

Esperamos anoitecer, pois as autoridades locais já sabiam que negros fugitivos utilizavam aquelas águas para alcançar a liberdade. Fragatas de guerra cruzavam as águas em todas as direções. Em noite alta e sem luar saímos em direção a nossa maior felicidade.

Atravessamos o rio e fomos contornando Marajó, beirando a costa, sempre rumo norte.

E fomos assim, remávamos durante a noite até a aurora, quando parávamos, escondíamos o barco e nos embrenhávamos na mata atrás de frutos, alguma caça pequena, água e um sítio aprazível para um descanso.

Às vezes ficávamos parados vários dias, esperando por uma noite sem luar no céu. Eu me lembrava dos luares da Bahia, quando nos reuníamos ao pé do velho Balogum, e nunca pensei que desejaria aquilo. Nestas noites, cada um contava sua história e ficava ruminando seus pensamentos. Zéfiro nunca esquecia sua irmã e contava a sua tragédia:

— Eu trabalhava no eito, e minha irmã Angélica, linda como uma noite de estrelas, trabalhava com nossa mãe na cozinha da casa grande. Uma noite quando servia a mesa, o senhor, que estava interessado nela, comentou diante da família:

— Mas que negrinha dos dentes bonitos, parece uma bonequinha preta.

Aquele comentário despertou ciúmes na senhora; ela sabia que seu esposo gostava de derrubar negrinhas no mato.

Naquela noite minha irmã desapareceu, surgiu no outro dia com a boca cheia de sangue. A senhora, possuída pelos ciúmes, ordenara que uns cabras do eito quebrassem os dentes dela com marteladas, e que depois abusassem da bichinha. Ela ficou vários dias gritando e chorando com os olhos de louca, arregalados, e com medo de todo mundo, até de nossa mãezinha.

Ficou besta e banzando, rindo sozinha e conversando com pé de pau. O bucho dela começou a crescer. Um dia amanheceu morta; tinha se enforcado na varanda do casarão.

Fiquei feito doido, matei os três cabras, envenenei o gado e fugi. Ele começou a chorar, levantei e disse:

— Vamos remar gente!

Uma noite fomos pegos por uma tempestade que quase mata todo mundo afogado. Lutamos muito contra as ondas e fomos atirados em uma praia. Disfarçamos o barco, adentramos na mata, e caímos prostrados num canto.

Acordamos com espetadas de lanças e terçados; era um grupo de índios, pintados com urucum pelo corpo, e enfeitados com coloridas penas, gritavam:

— Canhamboras, canhamboras, canhamboras.

Um entre eles, o que parecia o chefe pois portava rica plumagem e uma grande capa feita da pele daquilo que fora uma enorme onça, tinha chumbos pela coxa, resultado de escaramuças que haviam tido com os brancos.

Fomos feitos prisioneiros, tomaram nossas coisas, e através de sinais e gestos, indicavam que marchássemos. Nunca tive tanto medo.

Quando chegamos na aldeia tivemos uma grande surpresa, um preto de nome Epaminondas, rebatizado na língua índica como o filho da noite, vivia entre eles esposado com uma índia e pai de quatro caburezinhos, se fez nosso porta-voz.

A perna do índio ferido piorava e Raimundo dos Remédios prontificou-se a exercer seus conhecimentos clínicos.

O feiticeiro fez objeções, alegando que um filho deles seria submetido à magia dos estrangeiros, o que descontentaria os espíritos dos antepassados. Houve uma espécie de assembleia entre eles e após muitas discussões aceitaram nossa ajuda.

O ferido foi anestesiado com doses cavalares de cauim, bebida feita de milho e mandioca. Raimundo preparou seu instrumental cirúrgico; uma faca esterilizada no fogo, cachaça no lugar do álcool, alguns panos que foram fervidos, e muita fé em Deus.

Aguardávamos do lado de fora.

Dentro da oca, o doente estendido, o velho feiticeiro andando em círculos com seu cachimbo, dizendo palavras sagradas e Raimundo que rasgava carne e tirava chumbos.

Três dias depois, o jovem guerreiro já andava apoiado em rudimentar bengala.

Houve festas, durante uma semana eles dançaram e praticaram seus jogos; as cunhãs nos traziam, colhidos no regaço das matas, frutos de dulcíssimos sabores, geleias e essências olorosas.

Uma noite nos sentamos ao redor do fogo, o feiticeiro acendeu seu cachimbo de ervas inebriantes e nos contou estórias da criação do mundo, do nascimento das águas e das estrelas.

Naquela noite sonhei que era um raro pássaro e que lá do alto acompanhava com cantos as corridas das gazelas vermelhas.

Quando quisemos partir foi necessário muita conversa e muitos pedidos de desculpas, pois queriam que ficássemos ainda mais.

Um guia que conhecia as terras para onde íamos, chamadas por eles de terras das águas, Guianas, partiu conosco.

Voltamos para a praia e nosso barco fora trocado por uma canoa bem maior e abarrotada de presentes.

Continuamos nossa viagem, passamos pela ilha de Maracá, atravessamos a foz do rio Oiapoque, dobramos o cabo Orange, e na madrugada seguinte desembarcamos na Vila de Caiena.

Por aqui me estabeleci como pude e fiz aquilo que um homem deve fazer em sua vida, trabalhei.

A vida tem seus mistérios: eu, um homem que fugira da escravidão, ajudei a construir masmorras que serviriam para aprisionar outros homens, que por outros motivos também eram acorrentados.

Trabalhei na construção de presídios em Saint Jean, em Saint Laurent du Maroni e Ilhas Salut, nas ilhas de Saint Josef, Royall e Ilha do Diabo.

A noite dos cristais

Vi homens desembarcarem nas praias arrastando pesos que produziam um som metálico, tão conhecido por mim.

Hoje estou velho, cheio de achaques e dores nas juntas e penso que já não tenha muitos janeiros.

Tudo mudou em minha vida, inclusive a minha língua, que é uma mistura de francês, de línguas indígenas e africanas que encantaram meus ouvidos de menino.

Deste sítio, vejo crianças sorridentes, que dançam e cantam, assistidas por sua mãe. Há um grupo menor, sentado à minha volta, que ouve extasiado estas estórias e quando meus pensamentos se voltam para aquelas quadras, a minha alegria é tanta... tanta... tanta...

— Vovô, conta de novo?

Era tarde da noite, eu ainda lia os manuscritos, de repente, quatro crioulos graúdos que se diziam policiais invadiram meu quarto e me deram voz de prisão.

Assustado, perguntei:

— Mas, o que foi que eu fiz? Deve haver algum engano.

Parecia coisa de cinema, o chefe deles, o de óculos, disse:

— Tudo o que disser pode ser usado contra você.

Recolheram todos os manuscritos sobre a mesa, várias folhas com anotações, me colocaram no banco de trás de um automóvel e partimos.

Pensei que caminhava para a morte e o pior é que eles falavam em crioulo, me olhavam e riam de mim. Fui metido em uma cela, fiquei três dias sem falar com ninguém, nem com o guarda que me entregava as refeições, nada!

No quarto dia, algemado, fui levado para uma sala e interrogado. Queriam saber o que eram aqueles papéis, quem era Gonçalo e qual o significado daquelas escritas árabes.

Expliquei tudo, mas não acreditaram em mim. Era acusado de fazer parte de uma organização árabe, e diziam, pode acreditar, que eu estava ali como espião, e que me aproximara de Louise para chegar até seu pai, e assim roubar planos e obter informações sobre lançamentos de satélites, foguetes e coisas do gênero. Expliquei-lhes milhões de vezes a minha história, e eles milhões de vezes fingiram não acreditar.

Fui levado de volta para a cela.

De madrugada me acompanharam até a pensão, subimos, peguei minhas coisas, não pude me despedir de ninguém e me levaram para o aeroporto.

Fui embarcado em um avião de carreira e trazido de volta para o Brasil, foi minha primeira viagem de avião.

Fiquei em Caiena somente poucos dias, expulso, vim sem os manuscritos e é bem provável que os tiras os tenham destruído.

Cheguei, e resolvi botar tudo no papel antes que esquecesse.

1995, Ano Trezentos da Luta de Zumbi dos Palmares.

SUGESTÕES DE LEITURA

AGUIAR, Durval Vieira de. *Descrições práticas da Província da Bahia.* Salvador: Publicações do Museu do Recôncavo Wanderley Pinho, 1973.

ACCIOLI, Ignácio de Cerqueira e Silva. *Memórias históricas e políticas da Bahia. Anotador Dr. Braz do Amaral.* Bahia: Imprensa Oficial do Estado, 1919-1937, 5 volumes.

ALMEIDA, Rômulo de. *Traços da história econômica da Bahia no último século e meio.* Salvador: Instituto de Economia e Finanças da Bahia, 1951.

ALVES, Marieta. "O comércio marítimo e alguns armadores do século XVIII na Bahia". São Paulo: *Revista de História*, 1969.

AMARAL, Braz do. *Fatos da vida do Brasil.* Salvador: Tipografia Naval, 1941.

_____. *História da Bahia, do Império à República.* Imprensa Oficial do Estado, 1923.

_____. *História da Independência na Bahia.* 2ª edição. Salvador: Livraria Progresso, 1957.

_____. *Resenha histórica da Bahia.* Salvador: Tipografia Naval, 1941.

AMARAL, José Álvares do. *Resumo cronológico e noticioso da Província da Bahia desde o seu descobrimento em 1500.* 2ª edição. Bahia: Imprensa Oficial, 1922.

AMARAL, Hermenegildo Braz do. *As tribos negras importadas: vol. II.* Rio de Janeiro: Congresso de História Nacional, 1914.

ANNAES do I Congresso de História da Bahia. Salvador: Tipografia Beneditina, 1950, 4 volumes.

ATHAYDE, Johildo Lopes de. "Filhos ilegítimos e crianças expostas: notas para o estudo da família baiana no século XIX". Salvador: *Revista da Academia de Letras da Bahia* (27), 1979.

AUGEL, Moema Parente. *Visitantes estrangeiros na Bahia oitocentista.* São Paulo: Cultrix; INL; MEC, 1980.

AVE-LALLEMANT, Robert C. *Viagem pelo norte do Brasil no ano de 1859.* Tradução de Eduardo de Lima Castro. Rio de Janeiro: Instituto Nacional do Livro, 1951. 2 volumes.

AZEVEDO, Fernando de. *Canaviais e engenhos na vida política do Brasil.* 2ª edição. São Paulo: Melhoramentos.

AZEVEDO, Thales de. "Classes sociais e grupos de prestígio". In: *Ensaios de Antropologia Social*. Salvador: Universidade Federal da Bahia, 1959.

_____. *Cultura e situação racial no Brasil*. Rio de Janeiro: Civilização Brasileira, 1966.

_____. *Povoamento da cidade do Salvador*. 3ª edição. Salvador: Itapuã, 1969.

BARROS, Francisco Borges de. *Dicionário geográfico e histórico da Bahia*. Bahia: Imprensa Oficial do Estado, 1923.

BASTIDE, Roger. *O candomblé da Bahia: rito nagô*. 3ª edição. São Paulo: Companhia Editora Nacional, 1978.

_____. *As religiões africanas no Brasil*. São Paulo: Pioneira; USP, 1971, 2 volumes.

BENCI, Jorge S.J. *Economia cristã de senhores no governo dos escravos. Livro brasileiro de 1700*. São Paulo: Editorial Grijalbo, 1977.

BOCCANERA JR., Sílio. *Bahia histórica: reminiscências do passado, registro do presente. Anotações, 1549-1920*. Salvador: Tipografia Baiana, 1921.

BORGES DE BARROS, Francisco. *À margem da história da Bahia*. Bahia: Imprensa Oficial do Estado, 1934.

BRAZIL, Etienne Ignácio. "Os malês". *Revista do Instituto Histórico e Geográfico do Brasil* (72)2: 69-129, 1909, sl.

_____. "O fetichismo dos negros do Brasil". *Revista do Instituto Histórico e Geográfico do Brasil*, tomo 74, 1911, sl.

BRITO, Eduardo Caldas de. "Levantes de pretos na Bahia". Salvador: *Revista do Instituto Geográfico e Histórico da Bahia*, (10)29: 69-94, 1903.

CALDAS, José Antônio. *Notícia geral de toda esta capitania da Bahia desde o seu descobrimento até o presente ano de 1759*. Edição fac-similar. Salvador: Tipografia Beneditina, 1951.

CALMON, Pedro. *História da fundação da Bahia*. Salvador: Museu do Estado da Bahia, 1949.

_____. *História social do Brasil*. São Paulo: Companhia Editora Nacional, 1937-1939, 3 volumes.

CALÓGERAS, Pandiá. *Formação histórica do Brasil*. São Paulo: Companhia Editora Nacional, sd.

CAMARGO, Oswaldo de. *O negro escrito*. São Paulo: Secretaria Estadual da Cultura, 1987.

CARDOSO, Ciro Flamarion S. *Agricultura, escravidão e capitalismo*. Petrópolis: Vozes, 1979.

CARDOSO, José Fábio Barreto Pais. *Modalidades de locação de mão de obra escrava na cidade do Salvador (1837-1887)*. Salvador: Universidade Católica, 1979.

CARNEIRO, Edson. *Candomblés da Bahia*. Rio de Janeiro: Edições de Ouro, 1969.

_____. *A cidade do Salvador*. Rio de Janeiro: Simões, 1954.

_____. *Negros Bantus*. Rio de Janeiro: Civilização Brasileira, 1937.

CARNEIRO, Maria Luiza Tuccci. *Preconceito racial no Brasil colonial: os cristãos novos*. São Paulo: Brasiliense, 1983.

CHEVALIER, Louis. *Cidade do Salvador: aspectos geográficos, históricos, sociais e antropológicos*. Salvador: Imprensa Oficial, 1960.

CINCINNATUS (pseudônimo). *O elemento escravo e as questões econômicas do Brasil*. Bahia: Typographia dos Dois Mundos, 1885.

CLÁUDIO, Afonso. *As tribos negras importadas: vol. II*. Rio de Janeiro: Congresso de História Nacional, 1914.

COSTA LIMA, Vivaldo. *A família de santo nos candomblés da Bahia: um estudo de relações intergrupais*. Salvador: Universidade Federal da Bahia, 1977.

DAMATO, Diva Barbaro. *Edouard Glissant: poética e política*. São Paulo: Annablume, 1995.

DEBRET, Jean-Baptiste. *Viagem pitoresca e histórica ao Brasil*. São Paulo: Livraria Martins, 1940, 2 tomos (tradução de Sérgio Milliet).

DIEGUES JR., Manoel. *O engenho do açúcar no Nordeste*. Rio de Janeiro: Ministério da Agricultura, Serviço de Informação Agrícola, 1952.

_____. *Etnias e culturas no Brasil*. Rio de Janeiro: Civilização Brasileira; MEC, 1976.

_____. *População e açúcar no Nordeste do Brasil*. Rio de Janeiro: Gráfica Carioca, 1954.

DORNAS FILHO, João. *A escravidão no Brasil*. Rio de Janeiro: Civilização Brasileira, 1939.

_____. *A influência social do negro brasileiro*. Curitiba: Guaíra Ltda., 1943.

EISEMBERG, Peter. *Modernização sem mudança: a indústria açucareira em Pernambuco, 1840-1910*. São Paulo: Paz e Terra; Unicamp, 1977.

EUL-SOO-PANG. *Coronelismo e oligarquias (1889-1940)*. Rio de Janeiro: Civilização Brasileira, 1979.

EWBANK, Thomas. *A vida no Brasil*. Rio de Janeiro: Conquista, 1973.

FALCÃO, Edgard de Cerqueira. *A fundação da cidade do Salvador em 1549*. São Paulo: Gráfica da Revista dos Tribunais, 1949.

FERNANDES, Florestan. *A integração do negro na sociedade de classes*. São Paulo: Dominus, 1965, 2 volumes.

_____. *O negro no mundo dos brancos*. São Paulo: Difel, 1972.

_____. *Mudanças sociais no Brasil: aspectos do desenvolvimento da sociedade brasileira*. São Paulo: Difel, 1974.

FERRAZ, Brenno. *A guerra da Independência na Bahia, 1823*. São Paulo: Editora Monteiro Lobato, 1923.

FERREIRA, Manuel Jesuíno. *A província da Bahia: apontamentos*. Rio de Janeiro: Typographia Naval, 1875.

FRANCO, Maria Sylvia de Carvalho. *Homens livres na ordem escravocrata*. São Paulo: Ática, 1976.

FREYRE, Gilberto. *Casa-grande & senzala. Formação da família brasileira sob o regime da economia patriarcal*. 6ª edição. Rio de Janeiro: José Olympio, 1950, 2 volumes.

_____. *Sobrados e mocambos. Decadência do patriarcado rural e desenvolvimento do urbano*. 5ª edição. Rio de Janeiro: José Olympio; MEC, 1977, 2 volumes.

GARCEZ, Angelina Nobre Rolim; FREITAS, Antônio Fernando Guerreiro de. *História econômica e social da região cacaueira*. Rio de Janeiro: Cartográfica Cruzeiro do Sul, 1975.

GOES CALMON, Francisco Marques de. *Vida econômico-financeira da Bahia: elementos para a história de 1808 a 1899*. Reimpressão. Salvador: Fundação de Pesquisas, CPE, 1978.

GORENDER, Jacob. *R escravismo colonial*. São Paulo: Ática, 1978.

GOULART, José Alípio. *Da fuga ao suicídio: aspectos da rebeldia dos escravos no Brasil*. Rio de Janeiro: Conquista, 1972.

_____. *Da palmatória ao patíbulo: castigos de escravos no Brasil*. Rio de Janeiro: Conquista, 1971.

GOULART, Maurício. *A escravidão africana no Brasil*. 3ª edição. São Paulo: Alpha-Omega, 1975.

HOLANDA, Sérgio Buarque de. *História geral da civilização brasileira*. São Paulo: Difel, 1967.

HONÓRIO, Sylvestre. "O sul da Bahia". Salvador: *Revista do Instituto Geográfico e Histórico da Bahia*, 1926.

IANNI, Octavio. *As metamorfoses do escravo*. São Paulo: Difel, 1962.

_____. *Raças e classes sociais no Brasil*. Rio de Janeiro: Civilização Brasileira, 1972.

JUREMA, Aderbal. *Insurreições negras no Brasil*. Recife: Edições Mozart, 1935.

LAMBERG, Maurício. *O Brasil: a terra e a gente*. Rio de Janeiro: Typographia Nunes, 1896.

LAMBERT, Jacques. *Os dois Brasis*. Rio de Janeiro: MEC; INEP, 1959.

LEITE, Serafim. *História da Companhia de Jesus no Brasil*. Rio de Janeiro: Civilização Brasileira, 1938-1950, 10 volumes.

LISBOA, José da Silva. *Livro de matrícula dos engenhos da Bahia, 1807-1874*. Arquivo do Estado da Bahia, Seção Histórica, Avulsos.

LUNA, Francisco Vidal. *Minas Gerais, escravos e senhores: análise da estrutura populacional e econômica de alguns centros mineratórios (1718-1804)*. São Paulo: IEP; USP, 1981.

MALHEIRO, Perdigão. *A escravidão no Brasil: ensaio histórico, jurídico, social.* 3ª edição. Petrópolis: Vozes, 1976, 2 volumes.

MATTOSO, Kátia M. de Queirós. *Bahia: a cidade do Salvador e seu mercado no século XIX.* São Paulo: Hucitec, 1978.

_____. "Bahia opulenta: uma capital portuguesa no Novo Mundo (1549-1763)". São Paulo: *Revista de História*, 114: 5-20, janeiro-junho, 1983.

_____. *Ser escravo no Brasil.* São Paulo: Brasiliense, 1988.

_____. "A carta de alforria como fonte complementar para o estudo da rentabilidade da mão de obra escrava urbana, 1819-1888". In: C. M. Pelaez & J. M. Buescu (orgs.). *A moderna história econômica.* Rio de Janeiro: APEC, 1976.

_____. "A família e o direito no Brasil no século XIX: subsídios jurídicos para os estudos em história social". Salvado: *Anais do Arquivo do Estado da Bahia*, (44): 217-44, 1979.

_____. "Para uma história social seriada da cidade do Salvador no século XIX: os testamentos e inventários como fonte de estudo da estrutura social e de mentalidades". Salvador: *Anais do Arquivo do Estado da Bahia*, (42): 147-69, 1969.

MORAES, Evaristo de. *A escravidão africana no Brasil: das origens à extinção.* São Paulo: Companhia Editora Nacional, 1933.

MOURA, Clóvis. *Rebeliões da senzala.* 3ª edição. São Paulo: Livraria Editora Ciências Humanas, 1981.

MÜLLER, Christiano. *Memória histórica sobre a religião na Bahia, 1823-1923.* Salvador: 1947, sn.

NARDI, Jean-Baptiste. *O fumo no Brasil colônia.* São Paulo: Brasiliense, 1987 (Coleção Tudo é História).

NOVINSKI, Anita. *Cristãos-novos na Bahia.* São Paulo: Perspectiva, 1972.

OTT, Carlos B. *Formação e evolução étnica da cidade de Salvador.* Salvador: Prefeitura Municipal de Salvador, 1957, 2 volumes.

PIERSON, Donald. *Brancos e pretos na Bahia.* 2ª edição. São Paulo: Companhia Editora Nacional, 1971.

PINHO, José Wanderley de Araújo. *História de um engenho do Recôncavo, 1552-1944.* Rio de Janeiro: Livraria Zelio Valverde, 1946.

_____. *História social da cidade do Salvador, tomo I: aspectos da história social da cidade (1549-1650).* Salvador: Prefeitura Municipal, 1968.

QUERINO, Manoel. "A cadeirinha de arreiar". In: *A Bahia de outrora.* Bahia: Livraria Econômica, 1916.

_____. *Costumes africanos no Brasil.* Rio de Janeiro: Civilização Brasileira, 1938.

_____. "Os homens de cor preta na história". *Revista do Instituto Geográfico e Histórico da Bahia*, 48: 353-69, 1923.

RAIMUNDO, Jacques. *O elemento afro-negro na língua portuguesa*. Rio de Janeiro: Renascença Editora, 1933.

RAMOS, Arthur. *O negro brasileiro*. Rio de Janeiro: Civilização Brasileira, 1934.

_____. *O folclore negro do Brasil*. Rio de Janeiro: Biblioteca de Divulgação Científica, 1935

_____. *As culturas negras no Novo Mundo*. Rio de Janeiro: Biblioteca de Divulgação Científica, 1937.

_____. *A aculturação negra no Brasil*. São Paulo: Companhia Editora Nacional, 1942.

_____. *O negro na civilização brasileira*. Rio de Janeiro: Editora Casa dos Estudantes do Brasil, sd.

REIS, João José. *Rebelião escrava no Brasil: a história do levante dos malês, 1835*. São Paulo: Brasiliense, 1986.

RIBEIRO, João. *O elemento negro*. Rio de Janeiro: Record, sd.

RIO, João do. *As religiões do Rio*. Rio de Janeiro: 1904, sn.

RODRIGUES, Nina. *Os africanos no Brasil*. 5ª edição. São Paulo: Companhi Editora Nacional, 1977.

RUGENDAS, João Maurício. *Viagem pitoresca através do Brasil*. São Paulo: Livraria Martins, 1954.

SAMPAIO, Theodoro. *História da fundação da cidade do Salvador*. Bahia: Beneditina, 1949.

SCHWARTZ, Stuart B. *Burocracia e sociedade no Brasil colonial: a suprema corte da Bahia e seus juízes*. São Paulo: Perspectiva, 1979.

_____. *Segredos internos: engenhos e escravos na sociedade colonial, Bahia, 1550-1835*. São Paulo: Companhia das Letras, 1988.

VERGER, Pierre. *Fluxo e refluxo do tráfego entre o golfo de Benim e a Bahia de Todos os Santos: dos séculos XVII a XIX*. São Paulo: Corrupio, 1987.

VIANNA FILHO, Luís. *O negro na Bahia*. Rio de Janeiro: José Olympio, 1946.

VILHENA, Luiz dos Santos. *A Bahia no século XVIII*. Salvador: Itapuã, 1969. 3 volumes.

VIOTTI DA COSTA, Emília. *Da senzala à colônia*. São Paulo: Difel, 1966.

RELAÇÃO DAS ILUSTRAÇÕES

p. 27: Jean Baptiste Debret, *Negras cozinheiras, vendedoras de angu* (In: *Voyage pittoresque et historique au Brésil*. Paris: Firmine Didot et Frères, 1834-9. Tomo 2, Prancha 35).

p. 37: Johann Moritz Rugendas, *Desembarque* (In: *Malerische Reise in Brasilien*. Paris: Engelmann & Cie., 1835. Parte 4, Prancha 2).

p. 41: Jean Baptiste Debret, *O cirurgião negro* (In: *Voyage pittoresque et historique au Brésil*. Paris: Firmine Didot et Frères, 1834-9. Tomo 2, Prancha 46).

p. 51: Jean Baptiste Debret, *Vestimenta de negro em dia de chuva* (In: *Viagem pitoresca e histórica ao Brasil: aquarelas e desenhos que não foram reproduzidos na edição de Firmin Didot, 1834*). Paris: R. de Castro Maya, 1954. Prancha 30).

p. 61: Johann Moritz Rugendas, *Festa de N. S. do Rosário, padroeira dos negros* (In: *Malerische Reise in Brasilien*. Paris: Engelmann & Cie., 1835. Parte 4, Prancha 19).

p. 65: Johann Moritz Rugendas, *Missa na igreja de N. S. da Candelária, em Pernambuco* (In: *Malerische Reise in Brasilien*. Paris: Engelmann & Cie., 1835. Parte 3, Prancha 29).

p. 71: Jean Baptiste Debret, *Regresso de negros caçadores* (In: *Voyage pittoresque et historique au Brésil*. Paris: Firmine Didot et Frères, 1834-9. Tomo 2, Prancha 19).

p. 81: Jean Baptiste Debret, *Casa para alugar, cavalo e cabra à venda* (In: *Voyage pittoresque et historique au Brésil*. Paris: Firmine Didot et Frères, 1834-9. Tomo 2, Prancha 30).

p. 99: Johann Moritz Rugendas, *Capitão do mato* (In: *Malerische Reise in Brasilien*. Paris: Engelmann & Cie., 1835. Parte 2, Prancha 11).

ESTE LIVRO FOI COMPOSTO EM SABON
PELA BRACHER & MALTA, COM CTP DA
NEW PRINT E IMPRESSÃO DA GRAPHIUM
EM PAPEL PÓLEN SOFT 80 G/M^2 DA CIA.
SUZANO DE PAPEL E CELULOSE PARA
A EDITORA 34, EM MARÇO DE 2015.